Arena-Taschenbuch

Band 2424

Kerstin Kipker (Hrsg.)

FERIEN!

Geschichten für die schönste Zeit des Jahres

Mit Vignetten von Frauke Schneider

Arena

In neuer Rechtschreibung

1. Auflage als Originalausgabe
im Arena-Taschenbuchprogramm 2004

Herausgegeben von Kerstin Kipker
Umschlaggestaltung und Innenillustrationen: Frauke Schneider
Umschlagkonzept © 2004 by Arena Verlag GmbH, Würzburg,
Musterschutz angemeldet
Gesamtherstellung: Westermann Druck Zwickau GmbH
ISSN 0518-4002
ISBN 3-401-02424-8

Inhalt

Patricia Schröder

(S)panisch

Wohin ich auch schaue – alles ist schwarz: der Himmel, der Strand, das Meer, der neue Badeanzug von meiner Mutter, vor allem aber meine Laune. Die ist ultradunkelschwarz. Und je lustiger Mama und Papa dreinschauen, umso ultradunkelschwärzer wird sie.
Dabei müsste ich mich eigentlich freuen, dass wir nach drei Jahren Bauernhofferien diesen Sommer endlich mal wieder richtig in den Süden geflogen sind, nämlich nach Gomera. Das ist eine Insel, die zu den Kanaren gehört und westlich von Marokko im Atlantischen Ozean liegt. Das Dumme ist nur, dass meine beste Freundin Kara in diesem Sommer zum ersten Mal alleine verreisen durfte. Und nun vergnügt sie sich mit einem ganzen Haufen anderer Mädchen aus unserer Klasse in einem Feriencamp im Allgäu. Nur ich bin nicht dabei.
»Das Wetter daheim ist übrigens bestens«, trällert Papa. Vielen Dank! Genau das wollte ich hören!
Ich kreuze die Arme über der Brust, gucke mit verkniffenem Blick aufs schwarze Meer hinaus und stelle mir vor,

wie Kara sich gerade mit ein paar anderen Mädels eine lustige Wasserschlacht im Forggensee liefert.

»Jetzt mach nicht so ein Gesicht«, sagt Mama. »Ab morgen soll das Wetter hier auch besser werden. Und dann bleibt es für den Rest der Zeit so. Garantiert.«

Na super!, denke ich.

Ich hocke auf einem großen schwarzen Stein und beobachte meinen Bruder. Luis ist dreieinhalb Jahre alt und ein richtiger Goldschatz. Im Gegensatz zu den jüngeren Geschwistern meiner Freunde nervt er nämlich überhaupt nicht. Im Gegenteil. Manchmal merkt man nicht mal, dass er da ist.

Die Frage »Hast du Luis gesehen?« ist bei uns an der Tagesordnung.

Meistens kniet der Kleine dann nur ein paar Schritte weiter und für alle gut sichtbar auf dem Boden und spielt irgendwas. Genau wie jetzt: Bereits über zwei Stunden hockt er mit Bagger, Harke und Schaufel im schwarzen Sand und baut eine Landschaft aus Bergen, Kratern und Straßen.

»Wieso ist hier eigentlich alles schwarz?«, brumme ich.

»Weil Gomera aus Vulkangestein besteht«, sagt Papa.

Noch mal super! Bei meinem Glück explodiert diese Insel womöglich genau in den drei Wochen, in denen wir hier Urlaub machen, und begräbt uns für immer und ewig unter einer harten schwarzen Decke. Vielleicht sollte ich Kara noch rasch eine Flaschenpost mit einem tränendurchtränkten Abschiedsbrief schicken.

»Och, Mensch, Nadine«, sagt Mama. »Jetzt guck doch endlich mal ein bisschen fröhlicher.«
»Lass sie doch«, erwidert Papa. »In unserer Tochter schlummert eben auch ein Vulkan. Die brodeln ab und an ein bisschen und beruhigen sich dann wieder.«
Pah! Ihr werdet euch noch wundern!
Meine Mutter kramt in ihrer Strandtasche herum, streicht Luis zärtlich über den Kopf und drückt mir dann ein paar Geldstücke in die Hand. »Besorg uns doch mal ein Eis, ja?«
»Ich?«
»Ja, du«, sagt sie lächelnd. »Oder willst du etwa den ganzen Tag auf diesem Stein da hocken?« Sie schüttelt den Kopf. »So lernst du garantiert niemanden kennen!«
Als ob ich das will! Und überhaupt. Wen sollte ich hier denn schon kennen lernen? Die einzigen Menschen, die auf diesem dunklen Eiland Urlaub machen, scheinen Familien mit kleinen Kindern und Rentner zu sein, oder Rucksacktouris, die bereits ein bis zwei Kategorien zu alt für mich sind.
Trotzdem erhebe ich mich von meinem Stein und stapfe durch den Sand in Richtung der kleinen Taverne, in der wir gestern nach unserer Ankunft zu Mittag gegessen haben. Sie gehört Juan, der in Stuttgart aufgewachsen, und Doris, die vor ein paar Jahren mit ihm hierher gezogen ist. Die beiden sind ungefähr so alt wie Mama und Papa und total nett.
Ich umrunde gerade eine Gruppe aus besonders dicken

schwarzen Steinen, da bewegt sich vor mir plötzlich der Sand.

Oh Gott, denke ich, jetzt ist es so weit. Die Erde bebt, der Vulkan bricht aus. Gleich verschwinde ich auf Nimmerwiedersehen.

Entsetzt mache ich einen Satz zurück und starre wie gebannt auf die Stelle. Der Boden wölbt sich, Sand rieselt zur Seite, etwas Felliges kommt zum Vorschein und dann erhebt sich mit einem Ruck eine braun gebrannte Fratze aus dem Sand. Sie hat schwarze, lockige Haare, dunkle Augen und blitzend weiße Zähne.

»Hey. Me llamo Nino. Te llamas?«

»Idiot!«, zische ich und stapfe wütend an ihm vorbei auf die Taverne zu.

Typisch Typ! Die benehmen sich selbst dann noch wie Kindergartenkinder, wenn sie bereits im Stimmbruch sind. Und kommen sich dabei auch noch richtig cool vor. Mit dieser Masche sind sie bei mir genau an der richtigen Adresse! Ich kann mit Typen einfach nichts anfangen und das darf meinetwegen bis ans Ende meines Lebens so bleiben. Bis jetzt hat mir jedenfalls nichts gefehlt. Im Gegenteil!

Offenbar hat der halbe Strand beschlossen sich ein Eis zu kaufen. Die Schlange an Juans Theke windet sich im Zickzack um ein paar Tische und endet kurz vor dem Eingang. Ich stelle mich an und stehe mit einem Fuß drinnen und mit dem anderen draußen.

»Vielen Dank, Mama«, brummel ich. »Das war wirklich eine erstklassige Idee!«
Andererseits ist es auch wieder egal, ob ich auf meinem blöden schwarzen Stein hocke oder eine halbe Stunde dumm herumstehen muss. Ich bewege mich also genau wie alle anderen vor mir im Schneckentempo um den ersten Tisch herum und entdecke ein Stück weiter vorn in der Schlange etwas, das mein Herz höher schlagen lässt: ein Mädchen!
Sie ist noch fast genauso käseweiß wie ich, hat schulterlange braune Haare und scheint genau in meinem Alter zu sein. Zwischen ihr und mir sind genau acht Leute.
Wie hypnotisiert starre ich auf ihren Hinterkopf und konzentriere mich auf den einen Gedanken: *Dreh dich doch mal richtig um. Schau mich mal an, dann könnt ich dich angrinsen und dieser dumme Urlaub hier bekäme vielleicht doch noch ein nettes Gesicht.*
Aber leider hat sie nur Augen für Juan und Doris und die Leute, die vor ihr stehen. Mehr als ihr Profil bekomme ich jedenfalls nicht zu sehen. Ich fasse mich also in Geduld. Schließlich muss sie irgendwann zum Eingang zurück und spätestens dann habe ich meine Chance.
Ich beobachte jede ihrer Bewegungen und überlege, wie ich sie anspreche. Am besten auf Englisch. Es gibt zwar eine Menge deutscher Touristen hier, aber sie könnte genauso gut auch eine Holländerin oder eine Dänin sein.
Als sie endlich dran ist, fängt mein Herz heftig an zu klopfen. Was ist, wenn sie mich nicht versteht? Wenn sie

gar kein Englisch kann? Dann dreht sie sich um und ich muss sagen, sie sieht verdammt nett aus. Dummerweise peilt sie aber nicht den Ausgang an, sondern spaziert mit den drei Eis, die sie gekauft hat, auf einen der hinteren Tische zu und lässt sich dort auf einen Stuhl fallen.

»Stop dreaming, please«, sagt jemand hinter mir.

Ich stelle fest, dass zwischen mir und meiner Vorderfrau eine zwei Meter lange Lücke entstanden ist, und rücke hastig auf. Im selben Moment ertönt hinter mir albernes Gekicher. Ich linse über meine Schulter und sehe zwei Mädchen hereinstürmen. Die eine ist blond und trägt einen neongelben Bikini, die andere hat kurze schwarze Haare und ist mit einem langen weißen T-Shirt bekleidet.

»Dahinten isse!«, ruft sie und wirft die Arme in die Luft. »Hey, Alix, wir kommen!«

Sie schlängelt sich zwischen den Tischen durch genau auf meine »Freundin« zu. Die Blonde folgt ihr haarscharf auf den Fersen. – Mist! Mist! Mist! »Meine Auserwählte« ist also nicht alleine hier. Aber wenigstens versteht sie Deutsch.

Ich fange an zu beten, dass Alix und ihre Freundinnen wenigstens noch so lange in der Taverne bleiben, bis ich mein Eis erworben habe. Und tatsächlich. Die drei hocken sich an einen kleinen Tisch, der auf der Terrasse gleich neben dem Eingang im Halbschatten steht, und stecken tuschelnd ihre Köpfe zusammen.

Vor mir sind noch zwei Jungen dran, die sich nicht entscheiden können, ob sie lieber ein Batman-Eis oder ein

Hörnchen nehmen, und dann bin ich endlich an der Reihe.
»Möchtest du eine Tüte?«, fragt Doris.
Ich schiebe ihr das Geld rüber und nicke eifrig. Ihr Kopf verschwindet hinter der Theke und taucht kurz darauf lächelnd wieder auf. »Ich hab hier sogar noch eine mit einer speziellen Kühlbeschichtung«, sagt sie, packt die vier Stieleis hinein und reicht sie mir rüber.
Ich bedanke mich und gehe mit klopfendem Herzen auf den Tisch mit den drei Mädchen zu. Leider scheinen sie mich überhaupt nicht zu bemerken und so bleibe ich einen knappen Meter vor ihnen erst mal unschlüssig stehen.
»Also, ich find ihn total süß«, sagt die mit den kurzen schwarzen Haaren, die Alix gegenübersitzt. »Wir müssen unbedingt rausfinden, wo er wohnt.«
Die anderen beiden kichern leise.
»Ob er ein echter Spanier ist?«, murmelt Alix.
Sie hebt den Kopf und schaut mir direkt in die Augen.
»Hey«, sage ich viel zu schüchtern. »Kommt ihr auch aus Deutschland?«
Die Kurzhaarige und die Blonde starren mich nun auch an.
»Und wenn?«, erwidert die Kurzhaarige.
»Na ja«, sage ich. »Ich kenne hier noch niemanden und da dachte ich . . .«
Alix wendet sich wieder ihren Freundinnen zu. »Habt ihr gehört?«, sagt sie. »Also kennt sie ihn auch nicht.«
»Wen denn?«, frage ich und schiebe mich auf den letzten freien Stuhl. »Wen meint ihr?«

»Na, diesen Spanier mit den blitzenden Zähnen, der sich immer eingräbt und jeden fragt, wie er heißt und wo er herkommt«, sagt die Kurzhaarige.
Etwa dieser Idiot, der mich eben zu Tode erschreckt hat?, denke ich und sage: »Mich hat er auch angequatscht. Was wollt ihr denn von dem?«
Wieder gucken sie sich an, schlecken an ihrem Eis und kichern. »Was wir von dem wollen?«, sagt die Blonde. »Na, hör mal! Was wohl?«
Keine Ahnung.
»Typen interessieren mich nicht besonders«, sage ich.
Das ist offenbar ein Fehler. Denn nun glotzen sie mich an, als ob mein Hals anstatt in einem Kopf in einer Klobürste enden würde. »Was machste denn dann immer so?«, erkundigt Alix sich. »Den ganzen Tag.«
Ich zucke die Schultern. »Am Strand langlaufen, schwimmen gehen, lesen, auf den Steinen hocken und Leute beobachten.«
»Leute?«, fragt die Kurzhaarige. »Oder Typen?«
»Egal«, sage ich. »Jeden.«
»Ist doch langweilig«, meint Alix und gähnt.
»Wenn man's alleine macht schon«, gebe ich zu.
Die Blonde schiebt sich den Rest ihrer Eistüte in den Mund. »Also«, schmatzt sie. »Wir beobachten nur Typen. Besonders einen. Aber der interessiert dich ja nicht.«
»Zum Glück«, meint Alix. »Vier wären wirklich eine zu viel.«
Sie rafft das Eistütenpapier zusammen, steht auf und mar-

schiert ohne ein weiteres Wort nach draußen. Die Blonde beachtet mich auch nicht weiter, nur die Kurzhaarige nickt mir zu. »Tja, dann wünsch ich noch viel Spaß beim Leutebeobachten«, sagt sie und rennt ihren Freundinnen hinterher.

Kühe!, denke ich. Warum müssen die einzigen Mädels weit und breit ausgerechnet solche Puten sein!

Wütend stapfe ich durch den schwarzen Sand zu meiner Familie zurück. Von dem dusseligen Spanier, den Alix und Co. so süß finden, ist glücklicherweise kein Grinsezahn mehr zu entdecken.

Schon aus der Ferne sehe ich, dass mein Vater alleine auf der Strandmatte hockt. Als er mich entdeckt, springt er auf und kommt auf mich zu.

»Was ist los?«, frage ich. »Wieso geht Mama ausgerechnet jetzt schwimmen?« Ich öffne die Tüte und greife hinein. »Das Eis ist bestimmt schon ganz matschig.«

»Das ist jetzt auch egal«, sagt Papa. Ich spüre seine Hand auf meiner Schulter. »Nadi, Luis ist weg.«

Was?

Ich starre ihn an. »Aber wieso?«, stammele ich und zeige auf den kleinen Bagger, der neben einem aufgetürmten Sandhaufen steht. »Er saß doch eben noch da und hat ganz friedlich gespielt.«

»Das war vor zwanzig Minuten«, sagt Papa. »Jetzt ist er verschwunden. Mama ist bereits losgelaufen, um ihn zu suchen, und wir beide sollten das jetzt auch tun.«

Ich nicke stumm.

Wie durch einen Nebelschleier nehme ich auf, was mein Vater sagt: wo Mama sucht. Wo er suchen will. Wo ich suchen soll. Und wann wir uns wieder treffen wollen.
Ich stapfe los und denke immer nur: *Luis ist weg. Luis ist weg.* Irgendwie kapier ich das nicht. Luis war noch nie weg. Wo sollte er überhaupt hingegangen sein?
Ich laufe den Weg zur Taverne zurück, aber dort entdecke ich ihn nicht. Also renne ich weiter. Ein bisschen schneller, weil ich plötzlich Angst habe, dass er wirklich weg ist.
Weil ihn jemand mitgenommen hat. Weil er ertrunken ist. Weil, weil, weil ...
Ich fange an zu heulen.
»Luis, bitte«, murmele ich. »Lieber Gott, bitte, bitte ...«
Mein Hals ist ganz eng, mein Herz klopft wie verrückt, ich sehe nichts außer den Fußstapfen im Sand und denken kann ich auch nicht mehr.
»So findest du ihn nie«, sage ich leise zu mir selbst, bleibe stehen und wische mir die Tränen aus den Augen. Und dann fange ich an Leute zu fragen. Zuerst auf Deutsch, und wenn sie mich mit großen Augen angucken und ihre Schultern heben, auf Englisch. Es klingt holprig und falsch und normalerweise wäre es mir total peinlich, aber jetzt ist es mir völlig wurscht. Hauptsache, Luis kommt zurück.
Alle schütteln die Köpfe. »A little boy with yellow hair and green shorts? – No.«
Lieber Gott, bitte, bitte! Wieder bleibe ich stehen, blinze-

le gegen die Sonne und blicke mich um. Doch von Luis' blondem Schopf und seiner grünen Badehose ist weit und breit nichts zu entdecken. Ich senke den Kopf. Allmählich wird es Zeit, zurückzugehen. Vielleicht haben meine Eltern ihn inzwischen ja gefunden. – Hoffentlich!

Schweren Herzens drehe ich mich um. Da spricht mich plötzlich jemand von der Seite an. Es ist eine ältere Dame im gelben Blumenbadeanzug und mit einem großen orangefarbenen Sonnenhut auf dem Kopf.

»Entschuldigung«, sagt sie, »aber mein Mann hat mir erzählt, dass du deinen Bruder suchst.«

»Ja«, presse ich heraus.

Sie wiegt ihren Kopf und lächelt zaghaft. »Nun ja, es könnte sein, dass ich ihn gesehen habe.«

»Wirklich?« Mein Herz fängt an zu trommeln und vor Aufregung bekomme ich fast keine Luft mehr. »Wo denn?«

Die Frau hebt zögernd ihre Hand und deutet mit gekrümmtem Finger Richtung Taverne. »Das war dort drüben. Ein älterer Junge führte ihn an der Hand.«

Ein älterer Junge!

»Was für ein Junge?«, frage ich.

»Nun ja«, sagt die Frau. »Ein Einheimischer, nehme ich an ... So braun gebrannt, wie er war.« Sie mustert mich abschätzend von den Haarwurzeln bis zu den Zehennägeln. »Und er wird so ungefähr in deinem Alter gewesen sein.«

»Aber wohin sie gegangen sind, haben Sie nicht gesehen, oder?«, frage ich.

»Doch, doch«, erwidert die Frau. »Die beiden sind direkt auf die Taverne zugelaufen.«

»Vielen Dank«, murmele ich und renne los.

Auf die Taverne! Himmel noch mal, da muss Luis mir eben ja fast über die Füße gelaufen sein!

Die Sonne brennt heiß auf meinen Kopf und meinen Rücken. Ich schwitze wie in einer Sauna und komme völlig aus der Puste bei der Taverne an. Ich suche die Terrasse ab – nix! – und quetsche mich schließlich etwas unsanft an zwei dicken Männern vorbei, die mitten im Eingang stehen und quatschen.

Inzwischen sind auch hier fast alle Tische besetzt. Ich schaue zuerst zur Theke, aber dort ist Luis nicht. Allerdings hat Doris mich entdeckt und winkt mich heran. Es sieht so aus, als ob sie mir dringend etwas sagen will. Doch auf dem halben Weg zu ihr fällt mir plötzlich ein dunkler Lockenschopf ins Auge.

Sofort schlägt mein Herz einen Takt höher. Und es behält Recht. Es handelt sich tatsächlich um diesen dusseligen Spanier, der mir vorhin so einen Schrecken eingejagt hat. Auf dem Stuhl neben ihm thront Luis wie ein kleiner König vor einem riesigen Eisbecher.

»Sag mal, bist du verrückt geworden!«, rufe ich. Ich stürze auf ihn zu und zerre ihn vom Stuhl. »Mama und Papa sind halb tot vor Sorgen um dich und du futterst hier gemütlich ein Eis.«

»Aber Nadi...«, stammelt Luis. »Ich will doch mitgehen, aber du bist zu schnell.«

Ich hebe ihn auf den Arm und drücke ihn an mich. »Du hättest Mama Bescheid sagen müssen«, sage ich und werfe dem spanischen Idioten einen gepfefferten Blick zu. »Du kannst dich doch nicht einfach einem wildfremden Typen an den Hals werfen. Wer weiß, was der mit dir gemacht hätte! Vielleicht hatte er vor dich zu entführen.«

Der Spanier steht auf und öffnet den Mund. Ich habe allerdings keine Lust, mir noch einmal sein blödes *llamas Ninas* anzuhören, und so wende ich mich schnaufend von ihm ab und stapfe mit Luis nach draußen.

»Aber Nino ist doch nett«, sagt Luis. »Ganz nett. Er hat ein Eis gekauft. Und er will dich und Mama und Papa finden.«

Ja, klar! Einem kleinen Jungen wie meinem Bruder kann man viel erzählen. Diesem komischen Typen, der sich einen Spaß daraus macht, Leute zu erschrecken und dumm anzuquatschen, traue ich jedenfalls alles zu. Aber egal, Luis habe ich zum Glück aus seinen Fängen gerettet.

»Jetzt habe ich dich ja gefunden«, wispere ich in sein Ohr. Dann lasse ich ihn herunter und wir rennen Hand in Hand auf meine Eltern zu, die uns bereits entgegengelaufen kommen.

Luis wird ein bisschen ausgeschimpft, aber in der Hauptsache wird er umarmt und geküsst.

»Weißt du, was«, sagt Mama, nachdem sie einen Blick in die Kühltüte geworfen hat. »Wir gehen jetzt ein bisschen schwimmen. Das Eis ist sowieso hin.«

»Ich komme auch mit«, ruft Papa. Er schnappt sich Luis'

Schwimmring und den Wasserball und schaut mich erwartungsvoll an. »Und was ist mit dir?«
Ich schüttele den Kopf. Denn ich bin froh, wenn ich nach der ganzen Aufregung erst mal eine Weile für mich alleine sein kann. Ich ziehe meine Matte in den Schatten eines Felsvorsprungs, lege mich mit unter dem Kopf verschränkten Armen darauf und schließe die Augen.
Allmählich wird mein Atem regelmäßiger und auch mein Herz schlägt wieder langsam und ruhig. Wenn ich allerdings an diesen spanischen Typen denke, der sich einfach an meinen wehrlosen kleinen Bruder rangemacht hat, steigt der Zorn wieder in mir hoch. Doch zum Glück ist ja alles gut gegangen. Und noch mal – das schwöre ich mir hoch und heilig – wird so etwas nicht passieren.
Plötzlich fällt ein Schatten über mein Gesicht. Bestimmt Papa, denke ich, der hält es nie besonders lange im Wasser aus.
»Na?«, murmele ich. »Alles okay?«
»Nee«, sagt er.
Erschrocken reiße ich die Augen auf. Nicht weil ich Angst habe, dass schon wieder was mit Luis ist, sondern weil die Stimme nicht meinem Vater gehört.
Es ist der spanische Lockenkopf.
»Ich glaube, ich muss da mal was klarstellen«, sagt er.
Ich setze mich auf und ziehe meine Füße von ihm weg.
»Ich wollte deinen Bruder nicht kidnappen«, beginnt er. »Ich habe ihn angesprochen, weil es mir komisch vorkam,

dass so ein kleiner Stöpsel alleine durch die Gegend tappert. Er hat irgendwas von Eis und Schwester geplappert und da habe ich ihn mit zur Taverne genommen. Doris hat ihn sofort erkannt und erzählt, dass du vor ein paar Minuten da gewesen seist. Sie hat Luis ein Eis spendiert und vorgeschlagen einfach zu warten, bis du zurückkommst.«

Ich starre ihn an. Es klingt alles so logisch und so einfach. Was bin ich nur für eine Idiotin gewesen!

»Warum machst du aber auch dieses alberne Spiel mit dem Eingraben?«, werfe ich ihm vor.

»Ach, weißt du . . .« Verlegen schaut er auf seine Finger. »Irgendwas muss man ja machen, um sich die Zeit zu vertreiben. Manchmal lernt man auf diese Weise auch jemanden Nettes kennen.« Er hebt seinen Kopf und grinst mich mit an. »Me llamo Nino. Te llamas? Ich heiße Nino. Und wie heißt du?«

Ich grinse zurück. »Nadine«, sage ich. »Aber alle nennen mich Nadi.«

Und dann erzählt er mir, dass seine Tante hier auf Gomera einen kleinen Laden hat, in dem sie selbst geschneiderte Klamotten verkauft. »Deshalb sind wir in allen Ferien hier. Winter, Frühjahr, Sommer, Herbst.«

Und deshalb bist du auch so braun, denke ich.

»Wenn du Lust hast, zeige ich dir alles«, bietet Nino mir an. »Die besten Stellen am Strand, den Ort . . .« Er breitet die Arme aus. »Sogar den Urwald in der Mitte der Insel. Was du willst.«

»Jetzt würde ich gerne erst mal schwimmen gehen«, sage ich.

Zögernd strecke ich ihm meine Hand entgegen. Er nimmt sie und zieht mich auf die Beine. Und dann rennen wir aufs Wasser zu.

Alix und ihre Freundinnen sind auch da und glotzen uns an, als ob wir von einem anderen Stern kämen. »Sie kennt ihn ja doch«, höre ich die Blonde sagen.

Allerdings!, denke ich. Und er ist noch viel netter, als ihr meint.

Im nächsten Moment spüre ich das warme Wasser zwischen meinen Zehen und mit einem Mal ist hier überhaupt nichts mehr schwarz.

Christian Bieniek

Der Superurlaub

Meine Eltern machen mich wahnsinnig!
»Noch ein Käsebrot, Sebastian?«
Ich stoße einen Seufzer aus. »Willst du, dass ich platze, Mutti? Das würde bestimmt ziemlich ekelhaft aussehen.«
»Oder hättest du lieber ein Ei?«
»Nein, danke!«, ächze ich. »Hier passt nichts mehr rein!« Ich zeige auf meinen Bauch. Er ist so voll, dass ich mich kaum noch rühren kann.
Seit drei Stunden sitzen wir jetzt in der Bahn. Und seit drei Stunden werde ich fast ununterbrochen gefüttert. Mutter hat so viel Verpflegung mit, als würden wir eine Reise zum Mond machen. Dabei fahren wir nur nach Ludershausen, einem winzigen Ort im Schwarzwald, in dem wir unsere Sommerferien verbringen werden.
Drei Wochen ohne Jana ...
»Guck mal, Sebastian!« Mein Vater zeigt aus dem Fenster. »Diese beiden Burgen gehörten zwei Brüdern, die miteinander verfeindet waren. Möchtest du wissen, wie ihr Streit ausgegangen ist?«

»Ich möchte lieber schlafen«, antworte ich gähnend. »Gute Nacht!«
Ich lehne mich zurück und schließe die Augen. Vater redet weiter, aber ich höre nicht mehr zu. Jedes Mal, wenn wir den Rhein entlangfahren, nervt er mich mit diesem Ritterquatsch. Er weiß über jede Burg und jede Ruine genau Bescheid. Warum erzählt er diese endlosen Geschichten nicht jemandem, der sie noch nie gehört hat? Zum Beispiel der netten Schaffnerin. Oder dem Feuerlöscher draußen im Gang.
Die Schaffnerin hat einen langen blonden Zopf genau wie Jana.
Jana . . . Immer wieder muss ich an sie denken. Wie seltsam sie mich angeguckt hat, als wir uns vorgestern nach der letzten Stunde verabschiedet haben! Ob sie auch ein bisschen traurig darüber ist, dass wir uns erst in einer halben Ewigkeit wieder sehen?
Nein, ich bin nicht in sie verliebt. Nicht richtig jedenfalls. Ich hab ihr noch nie einen Liebesbrief geschrieben. Oder sie geküsst. Aber ich bin unheimlich gerne mit ihr zusammen. Wenn sie mich anlächelt, verwandelt sich mein Magen in einen Aufzug. Er saust hinunter zu meinen Füßen und rast dann wieder hinauf. Davon wird mir ganz schön übel. Sollte mich Jana eines Tages zehnmal hintereinander anlächeln, brauche ich bestimmt eine Kotztüte.
Es gibt nur eins, was mich an ihr stört: Sie mag Georg, den größten Angeber in unserer Klasse. Wenn er von seinem Pony und seinen zwei Dalmatinern erzählt, bekommt Ja-

na leuchtende Augen. Mist, dass ich nicht auch so reich bin wie Georg! Statt auf einem Pony reite ich auf einem verrosteten Fahrrad. Und mein einziges Haustier ist eine blöde Mücke. Die zapft mich Nacht für Nacht mit ihrem Strohhalm an. Kann sich dieser Vampir nicht mal woanders seine Blutspende abholen?
Ich überlege, was ich auf die Postkarte schreiben soll, die ich Jana aus Ludershausen schicken werde. Dass ich sie vermisse? Dass sie in ihrem neuen blauen Kleid wie ein Filmstar aussieht? Dass ich sie gerne öfter nachmittags treffen würde?
Nein, das ist alles zu peinlich. Am besten schreibe ich nur: *Viele Grüße – Sebastian*. Oder: *Viele liebe Grüße – dein Sebastian*. Hm, vielleicht sollte ich das Wort *liebe* doch besser vermeiden. Sonst bildet sich Jana noch ein, ich wäre in sie verknallt. Das bin ich aber nicht.
Oder doch?!?
Vom Rattern der Räder und Vaters Geschichte werde ich immer müder. Auf einmal sitze ich nicht mehr in unserem Abteil, sondern auf einem Schimmel, der über ein Stoppelfeld galoppiert. Und ich trage kein gelbes T-Shirt mit roten Erdbeerflecken, sondern eine schwarze Rüstung.
Vor mir taucht eine mächtige Burg auf. Ich reite geradewegs auf sie zu. Hoch oben auf der Mauerbrüstung steht Jana und winkt.
Vor dem geschlossenen Tor bringe ich den Schimmel zum Stehen.
»Komm herauf, edler Ritter!«, ruft Jana.

»Wie denn?«, rufe ich zurück. »Das Tor ist ja zu.«
»Na und? Kannst du nicht klettern?«
Sie lässt ihren blonden Zopf herunter. Meine Güte, der dürfte mindestens zehn Meter lang sein!
Ich steige vom Pferd. Meine Rüstung müsste mal geölt werden. Bei jeder Bewegung quietscht sie wie verrückt.
»Worauf wartest du?«, ertönt Janas Stimme.
Zögernd greife ich nach dem Zopf und sehe zu Jana empor. Irgendwie komme ich mir vor wie in der Turnhalle, wenn wir die Seile hochklettern sollen. Das schaffe ich auch nie, obwohl ich dabei nur leichte Turnklamotten trage und nicht diese grausam schwere Rüstung.
»Willst du einen Schokoriegel?«
Was soll denn jetzt diese dumme Frage?
»Ja oder nein?« Jemand rüttelt mich am Arm. »Willst du einen Riegel?«
Ich öffne die Augen. Mutter lässt meinen Arm los und hält mir einen Schokoriegel vor die Nase. Ich drehe meinen Kopf in die andere Richtung – und genau in diesem Moment geht Jana an unserem Abteil vorbei.
Das kann ja wohl nicht wahr sein!
Mutter fängt wieder mit dem Riegel an, während Vater auf die nächste Burg zeigt und ganz tief Luft holt, um eine neue Rittergeschichte loszuwerden.
Mir fällt der Traum mit dem Zopf ein. Ja, genau: Das muss noch im Traum passiert sein. Jana draußen im Gang? Unmöglich! Die ist doch bestimmt wieder mit ihren Eltern nach Italien geflogen, so wie jeden Sommer.

Weil ich weder Hunger auf Riegel noch Lust auf Vaters Erzählungen habe, stehe ich auf und mache mich auf den Weg zur Toilette.

Doch dort komme ich nicht an. Denn nur zwei Abteile weiter bleibe ich stehen und reiße die Augen auf.

Jana!

Sie sitzt am Fenster und liest in einem Buch. Kein Zweifel: Das ist sie tatsächlich! Mein Herz galoppiert schneller als der Schimmel. Wenn sie mich jetzt anlächelt, falle ich vor Aufregung garantiert in Ohnmacht. Soll ich mich lieber wieder auf meinen Platz schleichen?

Aber da hat mich Jana auch schon entdeckt. Prompt klappt sie das Buch zu, rutscht vom Sitz und kommt aus dem Abteil.

»Sebastian!« Sie strahlt mich an. »Was machst du denn hier?«

Mein Magen plumpst auf meine Schuhe und saust dann wieder zurück. Dieses Lächeln!

»Ich – äh – ich – äh«, stammle ich, bevor ich mich zu einem vernünftigen Satz durchringen kann. »Wieso hab ich dich vorhin auf dem Bahnhof nicht gesehen?«

»Weil wir erst in letzter Sekunde eingestiegen sind. Beinahe hätten wir den Zug verpasst.« Sie pustet sich den Pony aus der Stirn. »Weißt du, wo Georg hingefahren ist?«

Mir doch egal, wo dieser Angeber Urlaub macht!

»Nach Italien. Da haben seine Eltern eine riesige Villa am Meer gemietet«, schwärmt Jana und bekommt dabei wieder diese leuchtenden Augen.

»Ich fahr auch nach Italien«, behaupte ich. »Aber nicht zum Faulenzen, sondern zum Arbeiten.«
»Wirklich?«
»Ja. Ich drehe einen Film, in dem ich einen schwarzen Ritter spiele.«
Moment mal – was rede ich denn da?
»Du spielst in einem Film mit?« Jana macht ein verdattertes Gesicht. »Das wusste ich ja noch gar nicht.«
Ich auch nicht.
Jana will alles über den Film wissen. Ich spinne mir irgendeine Geschichte zusammen, von der sie richtig beeindruckt ist. Gleichzeitig ärgere ich mich über meine Schwindeleien. Was erzähle ich denn da für einen Mist?
»Das finde ich ja super!«, ruft Jana total begeistert. »Aber trotzdem schade, dass du nicht in den Schwarzwald fährst. Kennst du Ludershausen? Das ist bestimmt ein langweiliges Nest. Wenn du auch dorthin gefahren wärst, hätten wir 'ne Menge Spaß haben können.«
Ludershausen?!?
Ich bin so baff, dass ich kein Wort rauskriege.
»Was ist los, Sebastian? Du bist auf einmal so blass. Ist dir schlecht?«
Ich nicke, drehe mich wortlos um, schlurfe zurück in unser Abteil und lasse mich auf meinen Sitz fallen. Zum Glück haben sich meine Eltern in Zeitschriften vertieft und lassen mich in Ruhe.
Was bin ich doch für ein Blödmann! Filmstar in Italien – so 'n Quatsch! Wenn mich Jana in Ludershausen aus dem

Zug steigen sieht, bin ich für sie gestorben. Dann weiß sie nämlich, dass ich sie angelogen habe.
Da hilft nur eins. Ich muss ihr vorher noch die Wahrheit sagen. Aber wie soll ich nur den Mut dazu aufbringen?
Seufzend schaue ich aus dem Fenster. Wir fahren immer noch am Rhein entlang. Eine Burg nach der anderen taucht auf, doch Vater beschäftigt sich jetzt lieber mit seinem Kreuzworträtsel.
Da kommt mir eine Idee. Soll ich Jana einen Brief schreiben? Dann könnte ich mir das Stottern und das Rotwerden ersparen.
Ich hole meinen Zeichenblock aus dem Rucksack und schnappe mir einen Kuli.
LIEBE JANA!
Die ersten beiden Wörter sind ziemlich einfach. Die nächsten wollen mir jedoch beim besten Willen nicht einfallen, sosehr ich mir auch den Kopf zerbreche. Ich kann doch nicht einfach drauflosschreiben.
Hm, wieso eigentlich nicht?
Ich atme tief durch und lasse den Kuli über das Blatt rasen. Erst erkläre ich Jana, wie eifersüchtig ich auf Georg bin. Nur darum hätte ich diesen Filmblödsinn erfunden. Dann erzähle ich, dass ich auch nach Ludershausen fahre und mich irrsinnig darauf freue, die nächsten drei Wochen mit ihr zu verbringen. Und am Schluss gestehe ich Jana, dass ich sie für das netteste Mädchen auf der ganzen Schule halte.
Ich lese alles noch einmal durch. Nein, dieser Brief gehört

nicht in Janas Finger, sondern in den Mülleimer! Wenn sie das liest, bekommt sie garantiert einen Lachanfall. Aber was soll ich ihr sonst schreiben?

Die blonde Schaffnerin geht gerade an unserem Abteil vorbei und nickt mir freundlich zu. Kurz entschlossen, springe ich vom Sitz auf, reiße das voll geschriebene Blatt vom Malblock und falte es zusammen. Dann öffne ich die Abteiltür und rufe: »Einen Moment, bitte!«

Die Schaffnerin dreht sich um. »Ja?«

»Könnten Sie – äh –, könnten Sie vielleicht das hier –«

Sie nimmt mir den Brief aus der Hand.

»Drei Abteile weiter sitzt ein Mädchen mit einem langen blonden Zopf und – äh –«

»Wird erledigt«, sagt die Schaffnerin. »Sie freut sich bestimmt darüber. Oder steht was Schlimmes drin?«

Ich schüttle den Kopf, worauf mir die Schaffnerin den Rücken zukehrt und weitergeht.

In unserem Abteil will mein Vater sofort wissen, was ich da geschrieben habe.

»Nichts Besonderes«, behaupte ich.

Er fragt weiter, aber ich kann jetzt nicht antworten. Wie auf heißen Kohlen hocke ich da, knete nervös meine Finger und stelle mir vor, wie Jana gerade den Brief liest. Ob sie ihn anschließend in tausend Fetzen zerreißt und aus dem Fenster wirft? Gespannt schaue ich hinaus, und das minutenlang, sehe aber kein Konfetti durch die Luft wehen.

Plötzlich steht die Schaffnerin in unserem Abteil.

»Auftrag erledigt«, sagt sie. »Und hier kommt die Antwort.«

»Wo?« In den Händen der Schaffnerin kann ich nichts entdecken. »Was für 'ne Antwort?«

Da beugt sich die Schaffnerin blitzschnell zu mir hinunter und küsst mich auf die Wange.

Meine Eltern reißen total verblüfft die Augen auf. Ich spüre, dass ich knallrot werde.

»Was war denn das?«, fragt Vater.

»Ein Kuss«, erklärt die Schaffnerin. »Aber der war nicht von mir.« Lächelnd zwinkert sie mir zu und verlässt unser Abteil.

»Nicht von ihr?« Meine Mutter durchbohrt mich mit einem neugierigen Blick. »Von wem war er denn dann, Sebastian?«

»Von – äh –, von dem blonden Burgfräulein, das mir eben im Traum erschienen ist.«

Und das war nicht mal gelogen.

Andreas Schlüter

Verguckt!

Ich habe alles, was ich mir nur wünschen kann: einen strahlend blauen Himmel, in den sich nicht eine Wolke verirrt hat; einen Strand mit weißem, feinem Sand; satte 30° Lufttemperatur, die zum Baden in dem angenehm seichten und erfrischenden Wasser der Ostsee einlädt – und wir haben einen freien Nachmittag. Das Ganze nennt sich »Klassenreise auf Rügen« und wie durch eine göttliche Fügung hat das Museum, in das Frau Krawinkel-Holsterdorf uns schleppen wollte, heute geschlossen.

Als wäre das alles noch nicht paradiesisch genug, ist zeitgleich mit uns noch eine andere Schulklasse aus Hamburg in der Jugendherberge angekommen, aus Altona. Deren Lehrer wurde von den Öffnungszeiten des Museums offenbar ebenso überrascht wie unsere »Krähe«. Jedenfalls toben die Altonaer genauso fröhlich am Strand herum wie wir, was ein ganz außerordentliches Glück ist, denn in der Schulklasse aus Altona ist SIE!

Schon vorgestern, beim ersten Frühstück, ist sie mir aufgefallen: ihr lustiger, frecher Mund, die dunklen Mandelaugen, die schwarzen, gelockten Haare, die ihr teilweise wild ins Gesicht hängen. Sie hat so braune Haut, dass sie aussieht wie eine Inderin oder so. Zähne hat sie, so weiß wie aus der Zahnpasta-Werbung. Damit hat sie mich auch gleich angelächelt. Glaub ich jedenfalls. Vielleicht hat sie auch nur in meine Richtung geschaut, weil hinter mir Werner auf einer Pfütze Früchtetee ausgerutscht ist und sich gleich lang gemacht hat. Sein Frühstückstablett mit Pappbrötchen, Himbeerkleistermarmelade und zwei Häufchen Margarine-Ersatz ist fünf Meter weit durch den Saal gesegelt und auf dem Poesiealbum von Felicitas Erkenschwiek gelandet, der dämlichsten Pute nördlich der Elbe!
Wenn sie sich *darüber* amüsiert hat, hat sie wenigstens Humor bewiesen, aber ich bin eigentlich sicher, dass sie nicht über dieses Missgeschick gegrinst, sondern *mich* angelächelt hat.

Inzwischen verbringen wir schon den vierten gemeinsamen Tag in der Jugendherberge und noch immer bin ich nicht dazu gekommen, auch nur ein einziges Wort mit ihr zu reden. Doch heute ist es so weit. Diese glückliche Fügung, gemeinsam am Strand zu liegen, ist bestimmt ein Wink des Schicksals, es endlich zu wagen. Leider spielt sie Volleyball, schon seit einer halben Stunde. Ich kann ja wohl schlecht mitten in das Spiel hineinplatzen und sie ansprechen. Das würde sie mir nie verzeihen. Also bleibe ich auf meinem Handtuch liegen, kratze weiterhin mit den Zehen tiefe Furchen in den heißen Sand und frage mich, wann ich sie jemals ansprechen soll; und vor allem: *Wie?*

Wie spricht man ein fremdes Mädchen an? Ich meine, ich bin erst dreizehn und bis zum Beginn dieser Klassenreise habe ich mir über diese Frage noch nie Gedanken gemacht. Aber jetzt wäre es schon von Vorteil, zu wissen, wie man so etwas macht.

»Na, Ronald, Langeweile?«

Ich muss mich gar nicht umdrehen, um zu wissen, wer mich mit dieser Frage in meinen Gedanken stört: Felicitas!

»Nee!«, antworte ich mürrisch, ohne sie anzusehen.

»Was machst du denn?«, setzt die Nervensäge nach.

»Ich warte auf UFOs!«, gebe ich schnippisch zurück. Irgendwann muss doch selbst Felicitas merken, dass ich keine Lust auf sie habe. Warum lässt sie mich nicht in Ruhe? Seit wir auf Rügen angekommen sind, läuft sie mir ständig hinterher, fragt die dämlichsten Sachen und nervt mich ununterbrochen. Zuerst tapste sie immer mit einem blöden Poesiealbum hinter mir her und wollte, dass ich es mir unbedingt ansehe und etwas hineinschreibe. Ich kann mich beherrschen! Ich schreibe doch nicht in ein Poesiealbum!

Gestern Abend tigerte sie dann plötzlich mit einem Walkman auf mich zu und wollte wissen, wie ich die Mu-

sik finde. Ich hab sie mir gar nicht erst angehört, sondern gleich gesagt: »Blöd!«
Aber Felicitas ist von der harten Sorte. Die lässt sich weder beleidigen noch aus der Ruhe bringen. Anscheinend merkt sie überhaupt nichts mehr. Wie die schon aussieht: viel zu dick, viel zu doof und viel zu hässlich.
Warum kommt nicht mal die Schöne auf mich zu? Nein, immer nur Felicitas. Auch jetzt, zum Kuckuck.
»Kommst du mit schwimmen?«, drängelt sie.
»Nee!«
»Eis essen?«
»Nee!«
»Sandburg bauen?«
»Offenbar hast *du* Langeweile!«, gifte ich sie an.
Felicitas lacht. »Ich? Ich habe nie Langeweile!« Mit diesen Worten steht sie auf und verschwindet. Ich sehe ihr nicht hinterher.
Mein Blick wandert zurück zum Volleyballfeld und schon ist's passiert: SIE ist fort! Verflixt, diese blöde Felicitas! Jetzt habe ich die Schöne aus den Augen verloren. Hektisch sehe ich mich um, doch ich kann sie nirgends entdecken.
Halt! Da steht sie ja, am Eisstand!
Ich springe auf, will gerade meinen gesamten Mut zusammennehmen und zu ihr gehen, als ich Felicitas entdecke. Die ist aber auch immer zur falschen Zeit am falschen Ort! Sie steht natürlich ebenfalls am Eisstand und unterhält sich mit der Schönen! Oh Mann, wahrscheinlich

sülzt sie ihr die Ohren voll, von ihrem Poesiealbum oder so. Zum Verrücktwerden! Wieso erwische ich die Schöne niemals allein?
Ich traue mich nicht sie in der Gruppe anzusprechen. Was ist, wenn sie nichts von mir wissen will? Und in Gegenwart von Felicitas geht das sowieso nicht. Die rennt doch mit der Neuigkeit gleich um die ganze Insel und erzählt es jedem, ob er's wissen will oder nicht. Also heißt es wieder warten! Vielleicht hab ich ja Glück und sie setzt sich irgendwo allein hin, um ihr Eis zu essen.
Herrje, jetzt schaut sie auch noch direkt her! Meint die mich? Aber ich kann ihr nicht zuwinken, denn auch Felicitas, die fette Schnecke, glotzt zu mir herüber.
Da! Die Schöne winkt ab und verdünnisiert sich. Felicitas hat sie totgequatscht! Das hätte ich mir ja denken können. Das ist vielleicht meine Chance! Ich springe auf, kurve um den Eisstand herum, sodass ich der Schönen begegnen muss. Vielleicht prallen wir zusammen und dann . . .
Ja, und dann? Was soll ich dann sagen? Oh Mann, wieso fällt mir nicht ein, worüber man mit einem schönen Mädchen reden kann, am Anfang, meine ich. Wenn das Gespräch erst mal im Gang ist, okay – aber wie beginnt man es? Übers Wetter reden? Das ist wohl ein bisschen dröge. Über die Schule? Dann denkt sie gleich, ich wäre ein Streber. Über Fußball? Ob die sich für Fußball interessiert? Wenn nicht, habe ich gleich vergeigt! Himmel, ist das schwer. Vielleicht sollte ich einfach unvorbereitet auf sie zugehen. Am besten ich . . . ich . . . – zu spät. Ihr Lehrer

trommelt die Klasse zusammen, die Altonaer verlassen den Strand. Mist! Wieder alles vermasselt. Also gehe ich erst einmal mit den anderen Jungs eine Runde schwimmen. Vielleicht bietet sich heute Abend endlich die Gelegenheit, mit der Schönen zu reden.

»He, Ronald!«
Ich wusste es. Kaum bin ich zum Abwaschdienst eingeteilt, steht der Schrecken des Jahrhunderts in Lebensgröße vor mir: Felicitas! Ihre schrille Stimme droht mein Trommelfell zu zerfetzen, die dicken Brillengläser lassen ihre Augen doppelt so groß erscheinen und ihr geblümtes Kleid sieht aus, als hätte sie dem Herbergsvater eine Tischdecke geklaut.
»Machst du heute Abend bei der Geisternacht mit?«, quiekt sie mich mit ihrer kreischenden Stimme an, als hätte sie einen Regionalexpress verschluckt.
Statt abzublocken frage ich aber leider nach: »Was denn für eine Geisternacht?«
Sogleich wird meine Gutmütigkeit bestraft: Felicitas quasselt mir die Ohren voll.
»Wir treffen uns im Dachgeschoss. Dort gibt es ein kleines Zimmer, das wir nutzen dürfen . . .«
Ich gebe zu, das klingt interessant. Nicht die Geisternacht, sondern das Zimmer. Sollte ich es je in meinem Leben schaffen, die Schöne kennen zu lernen, wäre das vielleicht ein netter Zufluchtsort für uns.
». . . wir haben uns heute aus der Bücherei . . .«

»Bücherei?«, fahre ich dazwischen.

»Ja, hier im Haus gibt es doch eine Bücherei. Unten im Keller. Die hat jeden Nachmittag von 14 bis 16 Uhr geöffnet und ...«

Bücherei!

Kann man sich etwas Langweiligeres vorstellen, als sich während einer Klassenreise, mitten im Sommer, in eine Bücherei zu verirren? Da hätte ich ja sogar das Museum der »Krähe« interessanter gefunden.

Doch Felicitas lässt sich von meinem angesäuerten Gesichtsausdruck nicht abhalten. Unbeirrt schwafelt sie weiter. »Und jetzt haben wir eine ganze Menge Geistergeschichten, die wir uns bei Kerzenschein gegenseitig vorlesen, und ...«

»Vorlesen?«

»Ja!«, ruft mir Felicitas begeistert entgegen.

Die Alte hat doch einen Sockenschuss! »So 'n Kinderkram mache ich nicht mit!«, entscheide ich kurz und trocken und werfe Felicitas das nasse Geschirrtuch über den Kopf. Ich habe am Abend etwas Besseres vor. Ich werde mich der Schönen nähern. Sonst ist die Klassenreise vorbei und ich habe kein Wort mit ihr gesprochen.

Verhext! Es ist einfach wie verhext. Anders kann ich mir das nicht erklären. Seit zwei Stunden suche ich die Schöne wie ein Bekloppter und kann sie nirgends finden. Draußen bei den Tischtennisplatten ist sie nicht, unten bei den Getränkeautomaten hat sie niemand gesehen, der Speisesaal ist leer und auch auf den Fluren bin ich ihr nicht begegnet. Nicht mal in ihrem Zimmer scheint sie zu sein, wie mir jemand von den Altonaern versichert hat. Und der muss es ja wohl wissen.

Erschöpft und schlecht gelaunt, pflanze ich mich auf die Mauer am Haupteingang und sehe zu, wie die anderen an den Tischtennisplatten »Runde« spielen. Ich weiß gar nicht, wie die das machen, denn mittlerweile ist es schon so dunkel geworden, dass man mit einem leuchtenden Ball spielen müsste, um etwas zu erkennen. Für mich ist der Abend gelaufen. Da habe ich endlich mal den Mut, sie anzusprechen, und dann finde ich die Schöne nicht. So etwas kann wirklich nur mir passieren!

Dann eben morgen, denke ich, als mich einer der Altonaer wüst aus den Gedanken reißt. Dabei hat er gar nicht mich angesprochen, sondern einen seiner Kumpels.

»Hast du schon gepackt?«, hat er gefragt und der andere antwortete: »Mach ich nachher.«

Gepackt? Wieso gepackt? Machen die einen Ausflug oder was? Ich frage sofort nach. Die Antwort versetzt mir einen Schlag.

»Wieso?«, fragt der Altonaer zurück. »Wir fahren doch morgen!«

Morgen? Ich denke, die fahren erst Freitag, einen Tag eher als wir!

Der Altonaer guckt mich erst verdutzt an, dann grinst er bis über beide Ohren: »Morgen ist doch Freitag!«

Ich falle fast von der Mauer! Morgen früh fahren die Altonaer nach Hause und ich habe es nicht geschafft, die Schöne kennen zu lernen! Ich weiß nicht einmal, wo ich sie noch suchen soll. Also bleibt mir nur noch eine letzte Chance: Ich muss sie morgen beim Frühstück abfangen. Unbedingt. Wenn ich es dann nicht schaffe, ist alles aus. In Hamburg finde ich die doch nie wieder!

Um nicht zu verschlafen und weil mir etwas anderes an diesem Abend ohnehin keinen Spaß mehr macht, gehe ich zeitig ins Bett.

Pünktlich um halb acht stürze ich in den Frühstücksraum und blicke – ins Leere!

Niemand da, von den Altonaern, meine ich. Aus meiner Klasse erscheinen zwar die Ersten, aber die interessieren mich im Moment nicht.

Verwirrt schaue ich mich um und sehe Felicitas, die plötzlich wie ein Geist vor mir erscheint.

»Schade, dass du gestern nicht bei der Geisternacht dabei warst!«, sagt sie.

Genervt winke ich ab, blicke an ihr vorbei in den Saal und kann immer noch nicht glauben niemand von den Altonaern zu sehen, als Felicitas verkündet: »Die sind schon weg.«

»Hä?«, mache ich nur.

»Die Altonaer sind seit einer halben Stunde fort«, erklärt Felicitas. »Sie machen eine Kutschfahrt rund um die Insel und fahren dann direkt zum Bahnhof. Ihr Gepäck wird mit dem Auto dorthin gebracht.«

Ich fasse es nicht!
Felicitas grinst mich breit an. Allein dafür könnte ich ihr schon eine ballern, aber ich beherrsche mich.
Plötzlich wedelt sie mit einem Umschlag vor meiner Nase herum.
»Was ist das?«, will ich wissen.
»Von ihr!«, sagt sie nur, drückt mir den Umschlag in meine Hand und schwirrt ab.
Ich reiße den Umschlag auf, fische den Brief heraus und lese:
Hallo, Ronald!
Beim ersten Frühstück trafen sich kurz unsere Blicke. Von diesem Moment an hätte ich dich gern kennen gelernt. Aber ich habe mich nicht getraut dich anzusprechen. Es wäre mir leichter gefallen, wenn ich ein wenig von dir gewusst hätte. Leider wolltest du aber nichts in mein Poesiealbum schreiben, als Felicitas dich darum gebeten hat. Meine Musik hast du dir nicht angehört und zum Schwimmen, Eisessen und Sandburgbauen bist du auch nicht mitgekommen. Bis zuletzt hatte ich noch gehofft, du würdest dich vielleicht wenigstens für Bücher interessieren und an unserer Geisternacht teilnehmen, die Felicitas und ich uns ausgedacht hatten. Aber leider bist du auch dorthin nicht gekommen.
Ich finde es ziemlich blöd von dir, dass du immer so frech zu Felicitas warst, wenn sie dich etwas gefragt hat.
Deshalb bin ich zu dem Schluss gekommen, dass es sich wohl nicht lohnt, dich kennen zu lernen. Wer Felicitas

nicht mag, den mag ich auch nicht!
Ich finde, das solltest du wenigstens wissen.
Tschüss
Ramona

PS: Felicitas ist übrigens meine Kusine – und meine beste Freundin. In Hamburg haben wir einen Leseclub gegründet – aber dafür interessierst du dich ja nicht . . .!

Sigrid Zeevaert

Der spanische Hund

Ich hätte heulen können. Was sollte ich nur tun?
»Geh!«, rief ich. »Geh doch weg!«
Aber der Hund dachte gar nicht daran. Im Gegenteil. Er folgte mir ein paar Schritte, blieb stehen, legte den Kopf schief und sah mich neugierig an.
»Verstehst du denn nicht?«, versuchte ich es erneut. »Es ist vorbei. Du kannst nicht mit mir kommen.«
Jetzt wedelte der Hund mit dem Schwanz, sprang an mir hoch und leckte mir zu allem Überfluss auch noch das Bein.
Verflixt! Ich heulte los, hockte mich vor ihn, streichelte ihm über sein Fell. »Bist ein schöner Hund«, flüsterte ich, »ein schöner Stinkehund und ein lieber.« Ich wischte die Tränen weg. »So gern würde ich dich mit nach Hause nehmen, aber es geht nicht, glaub mir das doch.«
Der Hund biss mir sanft in den Fuß.
Und ich vergrub mein Gesicht in seinem Fell, wieder musste ich heulen. »Du kleiner, kleiner Hund«, murmelte ich. »Aber es ist zwecklos. Meine Eltern erlauben es nicht

und ich habe sie ja gefragt. Und weil du außerdem ein spanischer Hund bist und ... Und mit dem Zoll und allem ist das eben so was. Das musst du doch verstehen.«
Der Hund sah nicht danach aus. Ich seufzte.
»Also gut.« Ich stand wieder auf. »Hör mir gut zu! Du bleibst jetzt hier sitzen, wenn ich gehe, kapiert?«
Der Hund sah mich an.
»Mach's gut, ja?«, murmelte ich und dann rannte ich ganz plötzlich los.
Ich rannte, so schnell ich konnte, und als ich mich das erste Mal umsah, saß der Hund immer noch an seinem Platz, blickte mir nach. Nicht einen Millimeter hatte er sich fortbewegt. Also hatte er kapiert!
Hastig wandte ich mich wieder um, rannte weiter und blieb erst wieder stehen, als ich unser Ferienhäuschen erreichte.
»Michel, was ist los?«, empfing Mama mich. »Ist alles in Ordnung?«
»Ja.« Ich hoffte, dass sie mich nicht näher ausfragen würde.
Und sie tat es auch nicht. Weil dies unser letzter Ferientag war und weil wir Meerestiere essen gingen und weil Mama das Zirpen der Zikaden so liebte und Papa die Seeluft und weil ihnen der Abschied so schwer fiel.
Mir war der Abschied egal. So ziemlich jedenfalls. Klar, gefallen hatten mir die Ferien auch, das Schwimmen und Tauchen und so, aber jetzt reichte es und ich war froh bald wieder zu Hause zu sein, meine Platten zu hören und

mich mit meinem Freund Frankie zu treffen, mit Frankie konnte man reden. Ja. Das konnte man. Und trotzdem. Im Moment war ich traurig. So traurig wie noch nie. Ich wusste auch nicht.

Und der kleine Hund tollte wahrscheinlich längst wieder durch die Straßen, jagte Vögeln hinterher und biss sie allesamt tot. Klar, der streunte ja den ganzen Tag nur herum. Schließlich hatte er niemanden, der sich um ihn kümmerte, und er war ganz allein auf der Welt.

Ich musste wieder schlucken. Ich wollte nicht mehr an ihn denken. Aber ich dachte doch an ihn. Und wie ich an ihn dachte.

Sogar in der Nacht, als ich schlief. Da träumte ich nämlich von ihm. Wie er plötzlich neben mir saß und nicht mehr von mir wich. Und wie er mich anstupste und auf einmal so was Ähnliches wie grinste. Das träumte ich. Und noch andere, höchst merkwürdige Sachen.

Aber als ich aufwachte, war der Hund weg und nur mein Vater stand da. »Guten Morgen, mein Sohn«, sagte er. »Aus den Kissen mit dir! Wir wollen bald fahren.«

Draußen wurde es gerade hell. Und die Luft war noch frisch.

Ich hielt Ausschau, nur ein bisschen. Es könnte ja doch einmal sein, dass . . .

Es war aber nicht. Alles war ringsherum still.

Ich biss mir auf die Lippe. Wäre ja auch zu schön gewesen.

Wir frühstückten, packten die letzten Sachen zusammen und stiegen in unser Auto.

»Also dann!« Papa rutschte auf seinem Sitz herum. »Auf nach Hause.« Er wollte den Motor gerade starten, da hörten wir es: ein leises Winseln, das aus allernächster Nähe kam.

Mir blieb das Herz fast stehen.

Erstaunt sah Papa mich an. »Hast du eine Erklärung dafür?«, fragte er.

Ich schüttelte heftig den Kopf. »Ehrenwort«, sagte ich schnell. »Ich weiß von nichts.«

»Hm.« Papa öffnete die Autotür, stieg aus, sah sich um, zuckte mit den Achseln. »Seltsam«, sagte er. »Nichts zu sehen.«

Gerade wollte er wieder einsteigen, als er plötzlich etwas entdeckte. »Ich werde verrückt. Seht euch das an!«

So schnell war ich noch nie aus dem Auto heraus. Und dann traute ich meinen Augen nicht. Vor dem linken Vorderrad lag der kleine Hund. Quer davor lag er, als könne er das Auto so aufhalten, und sah uns flehentlich an.

Auf der Stelle hätte ich zu ihm rennen und ihn in meine Arme schließen können. Aber ich rührte mich nicht.

Mama und Papa wechselten einen Blick. Und noch einen.

Ich hielt den Atem an.

»Los!«, sagte Papa schließlich leise. »Wird Zeit, dass wir fahren. Und Michel, du bekommst eine Aufgabe: Bis zum Zoll wirst du dem Hund beigebracht haben sich ruhig zu verhalten, verstanden?«

Und ob ich verstanden hatte!

So kurz war mir die Rückfahrt noch nie vorgekommen. Aber bis zum Zoll hatte ich es tatsächlich geschafft, dem Hund klar zu machen, dass er so tun müsse, als sei er nicht da.
Und der Hund machte es glänzend.
Wir versteckten ihn unter einer Decke und er muckste sich nicht. Erst, als wir die Grenze passiert hatten, kam er unter seiner Decke wieder hervor, wedelte fröhlich mit dem Schwanz, stubste mich mit seiner feuchten Nase an, machte es sich auf meinem Schoß bequem, gähnte, rollte sich zusammen und schlief selig ein.

Achim Bröger

Ist der Typ stumm?

Ich stehe in der Bahnhofshalle, meinen Rucksack auf dem Rücken, das IC-Tramper-Monatsticket in der Tasche. Da sehe ich sie zwischen all den Gepäck schleppenden Urlaubern. So mittelgroß und mit braunen Haaren steht sie herum und strahlt. Mensch, hat die ein freudiges Innenleben. Sie ist eine Augeninsel, ein Augenblick zum Festhalten. So was Schönes, jedenfalls aus gut zehn Metern Entfernung.

Ich sehe ihr zu, wie sie sich die Haare aus der Stirn pustet, und ich bin sicher, dass ich sie irgendwoher kenne. Aus der Schule? Von einer Fete? Aber bevor mir das einfällt, geht sie und ich muss auch zum Zug.

Ich steige die Stufen zum Bahnsteig acht hoch. Von hier fahren die Züge Richtung Hannover und meiner wartet schon. In den Wagen der zweiten Klasse sind alle Sitzplätze belegt und auch sonst gibt es hier kaum noch freie Plätze. Deswegen dränge ich mich weiter in die Wagen erster Klasse und dort, im Gang vor den Abteilen mit den Sitzen, gibt es Platz. Gleich an der Tür kann ich stehen.

Aber da steht schon jemand, und zwar das Mädchen von der Bahnhofshalle, das sich die Haare aus der Stirn gepustet hat. Plötzlich stehe ich neben ihr und ich sage ...
Nichts sage ich, obwohl ich eigentlich etwas sagen möchte. Aber irgendwie hat das Mädchen den Blitz in mein Sprachzentrum einschlagen lassen und mich sprachlos gemacht. Die Sendeanlagen sind schwer gestört und die Verbindungen unterbrochen. Verdammt! Ich fühle mich blödsinnig verlegen und unsicher. Sonst will ich ja meistens nichts sagen. Jetzt möchte ich und kann nicht, das ist Verbalimpotenz.
Sie steht an der Wagentür und lehnt mit dem Rücken am Abteilfenster, hinter dem Leute sitzen. Ich lehne so eineinhalb Meter neben ihr am Abteilfenster und habe mich etwas zu ihr gedreht. Trotzdem sieht es aus, als würde ich eigentlich durch das Zugfenster in die Landschaft gucken. Aber dahin gucke ich garantiert nicht. Keinen Augenblick.
Meine Augen erzählen meinem Körper: Die ist toll. Und der Körper spürt das. Rauf und runter und rundum. Diese Botschaft der Augen rast durch mich, hat mich total gepackt.
Ich will mich kurz ablenken und drehe mich zu den Leuten im Abteil. Die drei, die in Fahrtrichtung sitzen, starren mich an und ich drehe mich schnell weg. Jetzt können sie meinen Rücken anstarren, diese erstklassigen Leute.
Oh, schon sehe ich das Mädchen wieder. Mein Blick kann

ihr einfach nicht ausweichen. Guckt die so halb mich an und halb die Landschaft?
Was sage ich zu ihr? Ich muss doch was sagen. Mir fällt aber nur ein: Mensch . . . du gefällst mir. Aber das kann ich nicht sagen.
Warum denn nicht? Nee, das geht einfach nicht. Ich kenne sie ja nicht, obwohl ich mir einbilde, dass ich sie schon mal gesehen habe. Vielleicht könnte ich so anfangen: Irgendwann habe ich dich schon mal gesehen. Nein, das klingt nach blöder Anmache.
Ich hasse diese Verlegenheit, dieses Chaos im Kopf. Möchte plötzlich flüchten, nichts mit diesen überschwappenden, umwerfenden Gefühlen zu tun haben, möchte nur in Ruhe mit dem Zug fahren.
Möchte ich das wirklich? Hm, ich weiß nicht.
In der Bahnhofsvorhalle stand das Mädchen ziemlich weit von mir entfernt. Da konnte ich sie einigermaßen ruhig angucken. Jetzt macht mich die Nähe unruhig, kribbelig, unsicher.
Da kommt jemand mit Koffer den schmalen Gang runter. Er drängt sich an mir vorbei und ich weiche ihm ein Stück aus. Danach stehe ich noch näher bei dem Mädchen.
Sie hält dem Koffermann die Tür auf. Mensch, Mädchen, geh bitte nicht hinter ihm her. Bleib hier. Natürlich denke ich das nur und sage immer noch nichts.
Ja, sie ist hier geblieben, hat sich sogar etwas mehr zu mir gewandt. Tut sie das absichtlich? Jedenfalls sehe ich jetzt ihr Gesicht genauer. Der Pferdeschwanz fällt mir auf. Ei-

gentlich ist das noch gar keiner, bisher ist das mehr ein Startschuss dazu. Ein kurzes Haarbüschel an ihrem Hinterkopf, von einem roten Band zusammengehalten.
Ich kann sie doch nicht die ganze Zeit so intensiv angucken, das stört sie wahrscheinlich. Und gucken mir die Leute aus dem Abteil dabei grinsend zu? Aber ich muss sie angucken. Will sie genau sehen, egal, ob die Leute grinsen.
Das Mädchen strahlt nicht mehr so wie vorhin, lächelt aber immer noch und freut sich über irgendwas.
Eben merke ich, der Zug fährt schon die ganze Zeit. Ich war so beschäftigt, dass ich das gar nicht gespürt habe. Mensch, Junge, guck in die Landschaft draußen, die ist auch ganz nett, und dahin zu gucken kommt mir weniger kompliziert vor. Wirbelt die Hormone nicht so durcheinander und lässt dich in Ruhe. Reden musst du mit der Landschaft auch nicht.
Ich habe mich noch etwas mehr zu ihr gedreht, nicht zur Landschaft, zu dem Mädchen natürlich. Sie hat eine kleine Narbe neben ihrer schmalen, etwas gebogenen Nase. Ihr Gesicht ist ziemlich braun.
Mir fällt auf, dass ich zu ihr runtersehe. Na ja, das klingt, als wäre ich der Berg und sie das Tal. In Wirklichkeit beträgt der Unterschied vielleicht mal gerade zehn Zentimeter.
Damit sie mein Gestarre nicht zu sehr nervt, verkleide ich es mit einem Lächeln, verstecke es dahinter. Jedenfalls probiere ich das. Sie guckt mir einen Moment in die Au-

gen und ich gucke in ihre. Das ist fast wie eine Berührung. Braun sind ihre Pupillen, groß und lebendig. Die Augen stehen ein winziges Stückchen schräg, ähnlich wie bei den asiatischen Frauen, nur nicht so deutlich.
Mensch, hat die ein Gesicht, da passt alles zueinander und sieht ... ja ... freundlich, klar und schön aus. Und jetzt wächst in ihrem Gesicht so ein kleines Strahlen. Dazu zieht sie ihre Mundwinkel etwas hoch.
He ... grinst die über mich? Findet sie mich komisch? Ich weiß nicht, und das macht mich wieder genauso verlegen und unsicher wie vorher. Also schnell wegdrehen! Zufällig gucke ich dabei zu ihrem Rucksack und merke, der sieht fast aus wie meiner. Übrigens ist mir immer noch nicht eingefallen, woher ich das Mädchen kenne.
Eben rattert der Zug etwas und ich drehe mich wieder zu ihr. Mensch, die hat mich schon in der Bahnhofsvorhalle aufgeregt. Ich muss sie einfach ansehen! Das ist verrückt. Wenn ich sie ansehe, überschwemmt mich ein begeisterndes, zärtliches Gefühl. Wie eine Welle kommt das. Aber die Welle schaltet auch mein Hirn aus, macht mich stumm. Mein Fühlen ist so deutlich, eigentlich passt mein Schweigen absolut nicht dazu.
Wahrscheinlich steigt das Mädchen bald aus und ich stehe da und habe kein Wort gesagt. Oder sie geht einfach weg, einen Wagen weiter.
Probiere ich es doch mit dem Satz: »Irgendwoher kenn ich dich, weiß nur nicht, woher.« Nee, das klingt zu blöde.

Wenn ich nicht bald rede, ist es sowieso zu spät, weil ich es dann einfach aufgebe. Und warum warte ich eigentlich, ob sie geht? Ich gehe! Denn ich halte das nicht aus, dieses Wollen-und-nicht-Können. Ich flüchte einfach in den nächsten Wagen.

Ja, genau das tue ich. Ich bücke mich, nehme meinen Rucksack und gehe Richtung Wagentür, auf das Mädchen zu. Dabei gucke ich so halb an ihr vorbei. Schon bin ich an ihr vorüber und strecke meine Hand zum Türgriff aus. Plötzlich höre ich: »Ich weiß die ganze Zeit, dass wir uns irgendwoher kennen.«

Ich bleibe stehen, steig sozusagen voll auf die Bremse. Gleichzeitig bleibt in meinem Kopf das Chaos stehen. Und ihr erster Satz löst automatisch meinen ersten aus: »Ja, ich denk auch, dass wir uns kennen, und ich überleg andauernd, woher.«

Wir stehen ziemlich dicht beieinander und ich lehne mit dem Rücken am Zugfenster. Damit das Reden weitergeht, sage ich: »Ich hab's nicht fertig gebracht, zu sagen, dass ich dich kenne. Ich dachte, das klingt nach Anmache.«

»Aber es stimmt doch«, sagt sie, »dann ist es keine Anmache.«

Ich stelle meinen Rucksack neben ihren und sie fragt: »Wolltest du in den anderen Wagen?«

»Eigentlich nicht, aber ich kam mir so blöde vor. Ich hätte gerne was zu dir gesagt und traute mich nicht. Das war komisch und deswegen wollte ich weggehen.«

»Was meinst du mit ... komisch?« – Oh, fragt die direkt und deswegen antworte ich genauso: »Chaotisch und verlegen, meine ich. Ich wusste eben nicht, was ich sagen soll.«

»Jetzt weißt du's?«, fragt sie, guckt mich dabei aufmerksam an.

»Glaub schon.« Ich sehe an ihr runter. Schmal und sportlich wirkt sie. »Der Zug ist in der zweiten Klasse total voll«, erzählt sie. »In der ersten gibt's wenigstens hier im Gang Platz. Aber ob wir da stehen dürfen? Meine Karte gilt nur für die zweite Klasse.«

»Meine auch. Mal hören, was der Schaffner sagt, wenn er kommt.«

»Eigentlich kann er nicht viel sagen«, meint sie. »Wir nehmen niemandem einen Sitz weg. Und hier im Gang ist genug Platz.«

Plötzlich fragt sie: »Gehst du in die NO?«

»Nee, in die Raabeschule.«

»Also kennen wir uns nicht aus der Schule. Ich bin nämlich in der NO.«

»Und wohin fährst du?«, frage ich.

»Nach Streitberg.«

»Wo ist das?«

»Bei Forchheim«, antwortet sie grinsend. Ich gucke wohl etwas hilflos und deswegen gibt sie mir Nachhilfe in Geografie.

»In Forchheim muss ich aus dem Zug raus, und das liegt in Franken.«

»Also in Süddeutschland«, sage ich.
»Ja, so dreißig Kilometer von Nürnberg entfernt. Und da besuche ich Verwandtschaft.« Als sie das sagt, wirkt ihr Gesicht nicht übermäßig begeistert und ich frage: »Keine Lust?«
»Na ja, mäßig. Aber mir ist nichts Besseres eingefallen. Und wohin fährst du?«
»Nach Oldenburg. Verwandtschaft besuchen.«
»Keine Lust?«, fragt sie jetzt und ich antworte wie sie: »Na ja, mäßig.« Mehr erzähle ich nicht.
Ich gucke ihre Augen noch mal an. Diese kleine Schräge ist toll.
»Guck nicht so genau«, sagt sie. »Das stört mich. Ich denk immer, dabei merkt man, dass ich schiele.«
»Du schielst nicht«, widerspreche ich.
»Doch, ein bisschen.«
Ich gucke noch mal. Ja, auf einem Auge schielt sie wirklich ein wenig. Aber das sieht man kaum, und wenn man es doch sieht, wirkt es zum Festgucken niedlich. »Das machst du mit Absicht«, behaupte ich.
»Nee, nee, wenn ich in einer bestimmten Art gucke, passiert das einfach.« Jetzt guckt sie wohl anders, denn ich bemerke das Schielen nicht mehr. Sie schaut mich an und mich durchrieselt wieder das Gefühl, als hätte ich eine Glücksdroge eingenommen. Schöner Zustand und schon lange nicht mehr gehabt. Hoffentlich macht das nicht süchtig.
»Du schielst zwar nicht«, sagt sie, »aber du guckst un-

heimlich unterschiedlich. Eben guckst du so mehr in dich rein.«

»Kann sein, hab was gedacht.« Darauf ist sie ruhig und ich sage: »Das war vorhin blöd, dieses Dastehen, Reden-wollen und der Mund ist wie zugenäht. Du kriegst keinen Satz raus.«

»Ich schon«, meint sie und grinst. »Du hast keinen Satz rausgekriegt.« Ich nicke und sie erzählt: »Ich kenn das aber auch, es ist irre blöde. Man muss üben, damit einem das nicht passiert.«

Beinahe hätte ich gefragt, ob sie schon oft geübt hat. Aber das schlucke ich runter und sage stattdessen: »Du steigst wahrscheinlich in Hannover aus.«

»Ja. Und dann fahr ich mit dem IC weiter.«

»Da muss ich auch raus«, sage ich und denke: Mist. Ich möchte länger neben ihr stehen bleiben, viel länger als bis Hannover. Nun schalte ich vom Denken wieder aufs Reden: »Ich fahr mit einem Zug nach Bremen weiter und dort steig ich zum zweiten Mal um.«

Sie nickt. Klar, dazu kann sie nicht viel sagen. Mir fällt aber noch was ein. Der Gedanke wird plötzlich groß in mir und wichtig, und bevor ich lange weiter überlege, rutscht er mir vom Hirn in den Mund und schon sage ich: »Besonders blöd ist das mit dem Nicht-reden-Können und Reden-Wollen übrigens, wenn einem die, mit der man reden will, unheimlich gut gefällt.« Jetzt sage ich noch: »Eben war das so.«

Erstaunt und fragend, guckt sie mich an, zeigt mit dem

Daumen auf sich und mit dem Zeigefinger derselben Hand auf mich. Ich nicke und sie murmelt: »Oh Mann.« Und dann kommt: »Dass du das jetzt schon sagst, so schnell. Irre.«

»Wann sonst?«, frage ich.

Endlich fühle ich mich frei beim Reden. Ich habe mir mal fest vorgenommen: Wenn ich rede, will ich sagen, was ich denke. Ich will nicht mehr ewig drum herumreden. Aber diese blöde Schüchternheit, diese Hemmungen machen mich eben trotzdem immer wieder mal sprachlos wie vorhin. Zum Glück ist das vorbei.

Das Mädchen denkt wohl noch über mein »Wann sonst« nach und jetzt antwortet sie darauf: »Ich weiß nicht, wann man sagen kann, dass einem jemand unheimlich gut gefällt. Vielleicht nach ein paar Stunden oder ein paar Tagen. Vorher muss man sich kennen lernen, sonst weiß man gar nicht, ob einem der oder die wirklich gefällt.«

»Aber du steigst bald aus«, sage ich, »und ich hab mir schon in der Bahnhofsvorhalle gedacht, dass ich dich toll finde. Wenn ich's jetzt nicht sage ...«

Ich rede nicht weiter. Vielleicht hat sie ja Recht und ich habe das viel zu schnell gesagt. Aber trotzdem stimmt es.

Sie sieht mich an, geht mit ihrem Kopf etwas zurück, als wollte sie genauer gucken. Dann grinst sie, schiebt ihre Unterlippe vor und gleichzeitig nach oben und links. Ihre Oberlippe zieht sie etwas zurück. Jetzt pustet sie nach oben, vorbei an ihrer Nase, und pustet sich eine Strähne aus der Stirn. »Ich hab dich auch in der Bahnhofsvorhalle gesehen«, sagt sie. In dem Augenblick mache ich ihr das Pusten nach und sie lacht.

»Aus dem Sportverein«, sagt sie plötzlich, dass ich fast erschrecke. Ich verstehe nicht, was sie meint und frage: »Was ist mit dem Sportverein?«

»Daher kennen wir uns.«

»Nee, denn ich war nie im Sportverein.«

»Dann nicht«, meint sie. Nun wechselt sie das Thema und sagt: »Du bist irgendwie seltsam. Erst mal starrst du mich an und redest kein Wort, guckst nur und guckst. Dann willst du gehen und ich sage schnell was und danach erzählst du, dass du mich toll findest.«

Jetzt verrate ich ihr, was ich vorhin gedacht habe: »Ich hab mir vorgenommen, wenn mir was wirklich wichtig ist, will ich's sagen. Leider schaffe ich das nicht immer gleich. Ich übe noch.«

Sie zieht die Augenbrauen etwas hoch und sagt: »Das hat was, klingt nicht schlecht. Aber trotzdem . . . es war seltsam. Ich hab schon gedacht: Ist der Typ stumm?«

Der Zug fährt weiter und an einem Dorf vorbei. Oh, ich könnte wirklich ewig hier bleiben und mit ihr fahren. Aber das wird eine kurze Ewigkeit . . . bis nach Hannover. Ich kenne die Strecke, in einer halben Stunde steigen wir um. Schade, sogar sehr schade. Na ja, bis dahin können wir noch eine Menge miteinander reden. Also los.

Nina Schindler

Die Radtour

»Nun macht doch schon!«, ruft Anja.

»Mach du nicht dauernd so einen Stress!«, schreit Tommy zurück. »Merle kommt einfach nicht zu Potte! Die ist vielleicht doof!«

»Selber doof«, knurrt Merle, die mit dem Fahrradschloss kämpft. Was kann sie denn dafür, dass sich das verklemmt hat? Schließlich sind ja alle drei Räder geliehen und sie hat mit ihrem Glück natürlich den allerältesten Drahtesel erwischt. Aber endlich hat sie das Schloss aufgekriegt, legt es zu ihrem Buch ins Körbchen am Lenker und steigt auf. »Es kann losgehen.«

»Hättest dich ruhig mal beeilen können.« Tommy hört nicht auf zu sticheln. »Du bist immer so eine Trödelliese.«

»Halt die Klappe«, sagt Merle wütend, aber Tommy ist schon losgebraust, und wenn sie die beiden älteren Geschwister nicht aus dem Blick verlieren will, muss sie sich beeilen.

Innerlich schimpft sie weiter.

So blöde Ferien! Bloß weil Papa keinen Urlaub kriegen konnte, müssen sie hier bei Oma die kostbaren Ferienwochen verbringen, in diesem Langweilerdorf, wo es fast keine anderen Kinder gibt. Oma bekommt heute Besuch von ihrem Kaffeekränzchen und deshalb sollen ihre Enkel eine Radtour machen, mit Rädern, die Oma bei den Nachbarn zusammengeliehen hat.
Radtour! So was Blödes! Viel lieber würde Merle mit einem spannenden Schmöker hinten im Garten in der Hängematte liegen – aber nein, sie soll Fahrrad fahren. Und dann auch noch mit ihren großen Geschwistern, die immer bloß an ihr herumkritteln und sie erziehen wollen! Sie hat doch schon Eltern und Großeltern, da braucht sie nicht auch noch Anja und Tommy, die ewig an ihr rummeckern.
Merle stößt einen kellertiefen Seufzer aus, während sie weiterstrampelt. Wenn man erst elf ist und die großen Geschwister schon dreizehn und fünfzehn, hat man es echt schwer.
Wo wollen die überhaupt hin? Ach ja, auf den Deich und dann dort oben entlang bis zu einem Badeplatz. Aber heute ist es viel zu kühl zum Baden, sie wird garantiert nicht ins Wasser gehen!
Missmutig radelt Merle hinter den großen Geschwistern her. Es geht erst die Landstraße, dann zwischen Wiesen entlang und schließlich, nach ein paarmal abbiegen, sind sie oben auf dem Deich. Der Wind zaust ihr die Haare und auf einmal macht das Radfahren fast Spaß!

Wenn bloß die blöden Geschwister nicht wären, besonders Tommy. Der vermiest ihr immer alles. Merle knirscht mit den Zähnen. Ihre Laune wird auch nicht besser, als sie das Schild »Baden erlaubt« erreicht haben und absteigen, die Räder runter ans Wasser schieben, die Decke ausbreiten und Anja den Picknickkorb darauf stellt, den Oma ihnen gepackt hat.
»Mmmm, lecker«, sagt Tommy und schnappt sich gleich eine Wurst.
Anja holt die Plastikschüsseln heraus, macht die Deckel ab und stellt zufrieden fest: »Klasse, Kartoffelsalat. Und Frikadellen! Ah, hier ist sogar Senf. Und Ketschup. Toll, Oma hat an alles gedacht.«
Außerdem gibt es noch Äpfel und Limo und zum Nachtisch Pudding. Na gut, ein bisschen Hunger hat Merle doch.
»Ich will auch eine Wurst«, sagt sie heftig, als Tommy sich eine zweite nimmt.
»Hähä, du bist eben immer zu langsam, selber schuld«, trompetet Tommy und beißt von der Wurst ab.
»Du bist gemein!«, schreit Merle und hätte am liebsten auf ihren Bruder eingedroschen, doch der ist leider stärker als sie und sie würde bei einer Prügelei garantiert den Kürzeren ziehen.
»Gib ihr was ab«, sagt Anja. »Das ist ungerecht.«
»Bitte schön!« Tommy wirft Merle den Rest der Wurst hin, kaum mehr als einen Zipfel.
Merle hätte losheulen können.

»Du bist echt voll eklig«, sagt sie leise, aber Tommy ist schon aufgestanden und zum Wasser gelaufen.
»Mach dir nichts draus«, sagt Anja und löffelt ihren Puddingbecher leer. »Der ist ja nicht immer so.«
»Zu dir vielleicht nicht. Zu mir schon.«
»Du bist immer so empfindlich.« Anja verzieht den Mund. »Da macht das Ärgern richtig Spaß.«
»Vielen Dank! Dann bin ich vielleicht selbst dran schuld, dass Tommy immer so gemein zu mir ist, was?« Merle ist empört.
»Na ja, das nicht direkt. Aber du brauchst nicht immer die beleidigte Leberwurst zu spielen.«
Anja steht auf und geht ebenfalls zum Wasser.
Soll sie doch.
Merle ist es sowieso am liebsten, wenn sie allein ist. Sie hat sich auf der Decke ausgestreckt und ihr Buch aufgeklappt. Diese blöden Geschwister braucht sie nicht – kein bisschen! Und baden will sie auch nicht, das können die viel besser ohne sie!
Sie hört das Lachen und Kreischen von Tommy und Anja und ist doch etwas neidisch, weil die offensichtlich so viel Spaß haben. Nach dem Plantschen machen Tommy und Anja zum Aufwärmen einen Dauerlauf am Ufer entlang und dann spielen sie Federball. Merle wi ckelt ihren Pulli fester um sich und liest und liest. Wenn die beiden sie nicht dabeihaben wollen – bitte schön! Sie kann sich auch allein beschäftigen, das wäre ja gelacht!

Die Sonne ist schon sehr tief gesunken, als Anja zum Aufbruch mahnt.
»Wir müssen ja die ganze Strecke wieder zurückfahren«, sagt sie. »Los, los, kommt mal in die Hufe!«
Sie packt die Reste des Picknicks ein, faltet die Decke zusammen und klemmt alles auf ihrem Gepäckträger fest.
Tommy steht noch am Wasser und wirft flache Steine hinein, die mehrmals auftitschen.
»Jetzt habe ich neunmal geschafft!«, schreit er begeistert.
»Komm endlich, du Doofkopp«, ruft Anja, steigt auf und fährt los.
Merle zögert kurz, aber dann fährt sie hinter der großen Schwester her.
Nach fünf Minuten schaut sie sich um – kein Tommy. Sie wird langsamer – das geht doch nicht, dass sie ohne ihn heimkommen. Da! Ein Punkt in der Ferne! Das muss er sein. Sie wartet, bis er sie eingeholt hat.
»Wer ist denn diesmal die Trödelliese?«, fragt sie und grinst.
»Werd bloß nicht frech!« Tommy schnauft.
Zusammen radeln sie weiter.
»Wo ist denn Anja?«, fragt er.
»Irgendwo da vorn«, sagt Merle und zeigt in die Richtung.
»Pöh, das weiß ich auch!« Tommy tritt mächtig in die Pedale und Merle hat alle Mühe, mitzuhalten. Nach etwa zwanzig Minuten hält er an, Merle ebenfalls.
»So was Beklopptes«, schimpft er. »Die kann sich doch nicht in Luft aufgelöst haben!«
Aber weit und breit ist keine Anja zu sehen.

»Die muss doch gemerkt haben, dass wir nicht hinter ihr waren.« Er steigt wieder auf und fährt ganz langsam, bis Merle ihn eingeholt hat und er mit ihr auf gleicher Höhe ist, damit sie besser miteinander reden können. »Warum hat sie denn nicht gewartet?«
»Weil sie ihren Walkman aufhat und ihre Lieblings-CD hört.« Merle findet Anjas Verhalten auch blöd.
»Weißt du noch, wo wir auf den Deich gefahren sind?«, fragt Tommy.
Merle überlegt. »Nee, nicht genau.«
»Typisch! Eine richtige Transuse! Du merkst dir ja nie was!«
»Brauch ich auch nicht, ich hab ja meinen klugen Bruder dabei – der weiß eh immer, wo's langgeht!«, schießt Merle zurück.
»Ich? Klar weiß ich, wo.«
Aber die Landschaft links vom Deich sieht so unendlich gleichförmig aus, Wiesen und Weiden und Wiesen und Weiden. Wo ist der Weg zu der Landstraße, die zum Dorf führt?
»Wir sind doch auf dem Hinweg durch ein Wäldchen gekommen, nicht wahr?«, fragt Tommy.
»Weiß ich nicht. Ich war viel zu sauer auf dich, um auf den Weg zu achten.«
»Tja, hättest du mal lieber. Aber ich weiß genau, wo wir sind. Wir nehmen jetzt eine Abkürzung.«
Merle überlegt. »Bist du dir sicher? Ich kenne mich hier nicht aus.«

»Du weißt ja nie was!«, sagt Tommy verächtlich und fährt vom Deich runter auf das Gehölz zu, während sie ihm folgt.
Doch hinter der Baumgruppe führt der schmale Weg einfach weiter geradeaus – kein Wegweiser, keine Landstraße – nichts.
»Vielleicht sollten wir mal irgendwo nachfragen«, schlägt Merle vor. Diese Radelei ins Ungewisse kommt ihr langsam unheimlich vor.
»Schisser! Hier sind ja auch massenhaft Häuser, was?«, höhnt Tommy. »Den blöden Weg finden wir selber. Außerdem muss Anja inzwischen gemerkt haben, dass sie uns verloren hat, die dreht um und findet uns garantiert.«
»Kann sie ja nicht, weil wir vom Deich runter sind und sie uns hier nicht sehen kann«, sagt Merle.
Tommy hält an. »Mist. Hier sind wir nicht entlanggekommen.«
»Nee, glaub ich auch nicht.«
»Und was machen wir jetzt?«
Merle denkt nach. »Wir könnten mal nach der Sonne kucken.«
»Nach der Sonne? Haha, wie komisch!«
»Gar nicht komisch! Wir sind heute Mittag ziemlich genau nach Süden gefahren, das heißt, wir müssen jetzt nach Norden. Und weil die Sonne im Westen untergeht, ist hier Norden«, sagt Merle.
»Hm.« Tommy sieht die kleine Schwester fast respektvoll an. »Na gut. Aber wir müssen deshalb nicht wieder auf

den Deich zurück, wir können ja auch parallel dazu fahren. Damit kürzen wir garantiert ab.«
»Dann kann uns Anja aber nicht sehen, wenn sie uns suchen kommt.«
»Diese blöde Ziege! Uns einfach so im Stich zu lassen.«
»Hätte sie ja nicht, wenn du nicht so getrödelt hättest.«
Merle findet es langsam richtig gut, wie sie Tommy mit Argumenten kommt, die ihn nach Luft schnappen lassen. Der soll nicht immer so hochnäsig tun, sie hat schließlich auch einen Verstand und kann denken!
Nach weiteren fünf Minuten Strampelei hält Tommy entmutigt an.
»Mist. Hier waren wir noch nie!«
»Das macht nichts«, sagt Merle. »Dahinten seh ich was, das könnte ein Haus sein. Da können wir fragen.«
Doch als sie hinkommen, ist es kein Gehöft, sondern nur eine leere Scheune.
Wütend schreit Tommy seine Enttäuschung heraus: »Von wegen! Da wohnt kein Schwein!«
»Wo eine Scheune ist, ist auch ein Haus«, sagt Merle und fährt einfach weiter. Sie vergewissert sich, dass Tommy ihr folgt, und biegt bei der nächsten Wegkreuzung ab.
»Warum fährst du denn hier lang?«, fragt Tommy misstrauisch.
»Weil ich dort hinten was gesehen habe.« Merle lässt sich nicht beirren.
»Also, ich sehe nichts und mir ist das jetzt zu blöd!« Tommy wendet und fährt zurück, wo sie hergekommen sind.

Bevor Merle sich entschließen kann, ob sie ihm folgen oder weiterfahren soll, hört sie einen lauten Schrei. Sie dreht sich um und sieht Tommy auf dem Feldweg liegen, das Rad neben ihm. Er hält sich den linken Knöchel und schimpft mit schmerzverzerrtem Gesicht: »So ein blöder Stein! So ein saublöder Stein!«
Merle hält neben ihm, legt ihr Rad hin und reicht ihm die Hand, um ihm beim Aufstehen zu helfen. Mit einem Aufschrei lässt er sich wieder auf die Erde sinken.
»Scheiße! Das tut vielleicht weh!«
Sie merkt, dass er sich Mühe gibt, um nicht loszuheulen, und überlegt.
»Weißt du, was?«, sagt sie dann. »Ich fahre weiter und hole Hilfe. Bleib einfach hier sitzen und streng den Knöchel nicht an. Bestimmt hast du dir was gezerrt.«
»Gezerrt? Der ist garantiert gebrochen!«, schreit Tommy wütend.
Merle holt tief Luft. Streiten bringt jetzt nichts. »Ich fahre los und hole Hilfe.«
Tommy beginnt sofort zu protestieren, doch Merle steigt auf ihr altes, klappriges Fahrrad und strampelt los. Wo eine Scheune ist, ist auch ein Hof, sagt die Stimme in ihrem Kopf immer wieder. Wo eine Scheune ist, ist auch …
Und da ist er! Hinter der nächsten Wegkurve kann man eine rote Ziegelwand sehen, ein Dach und weitere Gebäude.
Ziemlich außer Puste, steigt sie vor der Haustür ab und sucht nach der Klingel. Doch es gibt keine.

Sie pocht an die Tür, aber nichts regt sich. Sie beißt die Zähne zusammen, drückt die Klinke herunter und öffnet die schwere Holztür.
Und wenn sie jetzt in einem Räuberhaus gelandet ist? Egal, sie muss Tommy helfen.
»Ist da jemand?«, ruft sie. Niemand antwortet. Merles Herz bummert wie verrückt. Was soll sie jetzt tun? Sie geht langsam weiter durch die große Diele, an deren Ende eine Tür nur angelehnt ist. Vorsichtig drückt sie sie auf. Die Küche. Niemand drin. Aber an der gegenüberliegenden Wand ist noch eine Tür. Kurz entschlossen, geht sie dorthin, öffnet die Tür und schaut auf einen gepflasterten Hof, der an drei Seiten von anderen Gebäuden umschlossen ist.
Aha, die Ställe und Scheunen und was eben noch so alles zu einem Bauernhof gehört. Sie sieht, dass eine Tür offen steht und marschiert darauf zu.
»Hallo!«, ruft sie. »Ist da jemand?«
»Ja, wen haben wir denn da?«, sagt eine Frau, die plötzlich in der offenen Tür auftaucht und sich die Hände an der Schürze abwischt.
»Ich heiße Merle Brenner und mein Bruder ist nicht weit von hier mit dem Rad gestürzt und hat sich irgendwas getan, wahrscheinlich was gezerrt, bloß er denkt natürlich wieder, es wäre was gebrochen, weil er immer übertreibt . . .«, sprudelt es aus Merle heraus.
Die Frau lacht. »Mal langsam, min Deern. Ganz ruhig.« Sie hört aufmerksam zu, während Merle noch mal alles langsamer erzählt, und dann geht sie ans Telefon und ruft

zuerst den Notarztwagen und anschließend Oma an, die sie Hertha nennt.
Aha! Die kennen sich also.
Dann legt die Frau den Hörer auf und stellt sich vor: »Ich bin Frau Martens und jetzt gehen wir mal zu dem Unglückswurm von Bruder. Der hat ja Glück, dass er so eine schlaue Schwester hat.«
Hm, denkt Merle, ich glaub ja nicht, dass er das weiß.
Frau Martens steigt in ein Auto und Merle setzt sich auf den Beifahrersitz und dann fahren sie den Weg zurück, den sie eben mit dem Rad gekommen ist.
Tommy sitzt immer noch da, wo sie ihn zurückgelassen hat. Noch während Frau Martens seinen Fuß untersucht, kommt der Notarztwagen und Tommys Fuß wird fachmännisch abgetastet. Mit schmerzverzerrtem Gesicht beteuert er, dass er wahnsinnige Schmerzen hätte, aber der Mann in dem weißen Kittel grinst nur und sagt: »Da ist nichts gebrochen, höchstens was gezerrt. Wir schauen aber zur Vorsicht lieber mal genau nach.«
Tommy wird in das Auto verfrachtet und Frau Martens lädt die Räder in den Kofferraum ihres Autos und bringt sie zu Omas Haus, was nur wenige Minuten dauert. Offensichtlich sind Tommy und sie zu weit gefahren, sie hätten früher abbiegen müssen.
Oma drückt ihre jüngste Enkelin glücklich an die Brust. »Das hast du super gemacht!«, sagt sie. »Anja wollte gerade los, euch suchen. Tommy hat Glück, dass er so eine besonnene Schwester hat.«

»Das kannst du ihm ja mal sagen, wenn er wieder zurückkommt«, sagt Merle und kuschelt sich an Oma. »Davon hat der nämlich noch keine Ahnung.«

Paul van Loon

Das Schwimmbad

Eines weiß Arno sicher: Nie im Leben wird er vom Dreimeterbrett ins Tiefe springen. Er sieht seinen Klassenkameraden zu, wie sie nacheinander die Leiter emporklettern, über das Brett gehen und dann hinabspringen. Arno, der am Beckenrand steht, bekommt jedes Mal eine Ladung Wasser ab. Er sieht die zappelnden Arme und Beine der anderen, wenn sie unter Wasser auf den Rand zuschwimmen. Manchmal meint er noch etwas anderes zu sehen. Dunkle Umrisse, von anderen . . . Wesen, die am Grund des Schwimmbeckens hausen, die einen an den Fußgelenken packen und hinabziehen wollen. Arno sieht den anderen Kindern zu, wie sie ins Wasser tauchen, fröhlich lachend und nass glänzend die Leiter hoch an den Beckenrand klettern, um gleich danach wieder das Sprungbrett zu erklimmen.
Sie wissen es nicht. Niemand weiß es, außer Arno. Und Opa, aber der ist schon lange tot. Ertrunken. Herzstillstand, hieß es damals, aber Arno weiß, dass das nicht stimmt. Opa war vollkommen blau angelaufen, als man

ihn aus dem Schwimmbecken zog. Es war bestimmt kein Herzstillstand gewesen. Etwas anderes hatte Opa erwischt und das Leben aus ihm herausgequetscht. Opa war so fit gewesen wie ein Zwanzigjähriger und sein Herz so kräftig wie das eines Pferdes. Er ging jeden Morgen hier schwimmen, eine Bahn um die andere. So konnte er jeden Tag eine Weile bei seinen alten Freunden sein, wie er immer sagte. Auf dem Gelände, auf dem man das Hallenbad gebaut hatte, ist nämlich früher ein Friedhof gewesen. Mehrere alte Freunde von Opa lagen dort begraben. Dann wurde der Friedhof verlegt. Man hatte die Gräber geöffnet und die Toten umgebettet. An einen anderen Ort mit viel Grün.

Und nun stand hier bereits seit einigen Jahren das Schwimmbad. Arno hatte hier seinen Freischwimmer gemacht, früher, als er noch nicht so viel über diese Dinge nachdachte. Aber schon damals hatte er eine unbestimmte Angst gespürt, jedes Mal, wenn er ins Wasser musste. Er hatte alles darangesetzt, um möglichst schnell die Schwimmprüfung zu bestehen, denn danach brauchte er nicht mehr ins Wasser. Wer die Prüfung hinter sich hatte, durfte selbst entscheiden, ob er schwimmen wollte oder nicht. Ab diesem Zeitpunkt tat Arno nichts anderes mehr, als das Wasser zu beobachten, wenn er mit seiner Schulklasse im Schwimmbad war.

Dann hatte er zum ersten Mal die dunklen Schatten tief unter der Wasseroberfläche gesehen. Die verschwommenen Formen, die einem entgingen, wenn man nicht ganz genau hinschaute. Man musste die Augen zu schmalen Schlitzen zusammenkneifen und minutenlang ins Wasser starren, dann sah man sie. Und sie bewegten sich. Nahezu unmerklich glitten sie am Boden des Schwimmbeckens entlang.

So wie jetzt. Arno sieht, dass sich etwas unter der Wasseroberfläche bewegt. Bevor er zurückweichen kann, teilt sich das Wasser und mit lautem Gebrüll schießt etwas auf ihn zu. Eine Ladung Wasser schwappt über den Beckenrand. Arno sieht zwei riesige, funkelnde Augen, einen kahlen Kopf, grün und mit Beulen übersät. Eiskalte Klauen packen ihn an den Fußknöcheln.

»Nein!«, schreit Arno. Er strampelt mit den Beinen und lässt sich nach hinten fallen. Zwei Arme fangen ihn auf, bevor er auf den Fliesen landet.

»Hoppla! Immer mit der Ruhe. Es ist rutschig hier, du könntest dir übel wehtun.« Es ist die Stimme von Herrn Bies, dem Lehrer. Er hilft Arno auf.

»Kevin, es ist lebensgefährlich, jemanden, der am Beckenrand steht, plötzlich an den Füßen zu packen!«

»'tschuldigung.« Das Monster mit dem grünen Beulenkopf zieht sich am Rand hoch und nimmt Bademütze und Taucherbrille ab. Arno hat noch immer ganz weiche Knie.

»Also, noch einmal springen und dann raus«, sagt Herr Bies.

»Unsere Zeit ist gleich um.« Er geht am Schwimmbecken entlang und ruft: »Alle herhören! In zwei Minuten ist Schluss!«

Kevin versetzt Arno einen freundschaftlichen Rippenstoß. »War nur ein Scherz, Arno. Du hast so verträumt ins Wasser gestarrt, das hat mich einfach gereizt. Ich konnte ja nicht ahnen, dass du so 'nen Schreck kriegen würdest.«
Arno schüttelt den Kopf.
»Schon gut, ich war mit meinen Gedanken ganz woanders.« Noch immer hat er Herzklopfen.
Total verrückt, denkt er. Ich kann nicht mal mehr mit den anderen im Schwimmbad herumalbern. Wahrscheinlich bilde ich mir das alles nur ein.
Kevin legt Arno die Hand auf die Schulter. »Komm, wir springen zusammen vom Dreimeterbrett. Mal sehen, bei wem's am meisten spritzt.«
»Vom Dreimeterbrett?«
»Ja, oder traust du dich nicht?« Kevin sieht ihn forschend an. Wenn Arno jetzt zugibt, dass er sich nicht traut, hat er ausgespielt. Kevin würde es auf dem ganzen Schulhof rumposaunen. Kevin gibt sich zwar freundlich, aber in Wirklichkeit ist er ein falscher Fünfziger. Er würde keine Gelegenheit auslassen, ihn zum Gespött zu machen.
»Eigentlich sieht man dich nie schwimmen. Du hast doch den Freischwimmer, oder?«
»Ja, klar.«
»Na also, dann los.« Kevin geht bereits auf das Sprungbrett zu. Zögernd folgt Arno ihm. Er hat das Gefühl, dass alle im Schwimmbad ihn beobachten. Er versucht nicht ins Wasser zu schauen, nicht an die Wesen am Boden des Schwimmbeckens zu denken.

Unsinn, sagt er zu sich selbst. Ich muss aufhören mich so kindisch anzustellen. Die anderen springen doch auch ins Wasser und es ist noch niemand auf den Grund gezogen worden. Also los!

Trotzdem hat Arno ganz weiche Knie, als er hinter Kevin die Leiter zum Sprungbrett hochklettert. Kevin blickt über die Schulter zurück und Arno glaubt ein hinterhältiges Lächeln über sein Gesicht huschen zu sehen. Krampfhaft bemüht sich Arno, nicht aufs Wasser zu schauen. Kevin ist bereits oben angekommen. Er geht zum Ende des Sprungbretts und wippt ein paarmal auf und ab. Das Brett federt, die Schwingungen übertragen sich auf die eiserne Leiter.

»Los geht's!«, ruft Kevin und verschwindet mit einem eleganten Sprung, den Körper im rechten Winkel abgeknickt, aus Arnos Blickfeld. Arno macht die Augen zu und gleich darauf hört er, wie Kevin klatschend im Wasser landet.

»Jetzt du, Arno!«, ruft Kevin, als er wieder aufgetaucht ist.

Na also, es ist nichts. Auch Kevin ist nicht nach unten gezogen worden.

»Arno, wo bleibst du?«

Jetzt sieht Arno, dass etliche Klassenkameraden am Beckenrand stehen und ihn beobachten. Ein Spaßvogel kommt auf die Idee, Arnos Namen zu rufen. Schon stimmen die anderen ein: »Ar-no, Ar-no, Ar-no!« Die Idioten wollen ihn anfeuern. So ein Mist! Jetzt gibt es kein Zurück mehr. Mit bleichem Gesicht setzt sich Arno in Bewegung. Er spürt, wie sich seine Arme und Beine verkrampfen.

Nicht runtergucken, denkt er. Augen zu und springen. Möglichst nicht zu tief eintauchen und sofort an den Rand schwimmen. Ist doch kinderleicht.

»Ar-no, Ar-no!« Die Stimmen dröhnen ihm in den Ohren. Ihm ist, als würden die Wesen am Grund des Schwimmbeckens ihn rufen. Linkisch geht Arno bis zum Rand des Sprungbretts; die Strecke scheint kilometerlang zu sein. Seine Beine sind stocksteif, seine Haut zieht sich zusammen, die Stimmen klingen ihm im Kopf. Dann steht er ganz vorn. Seine Zehen ragen über den Brettrand. Unter sich sieht er das Schwimmbecken; die unendliche Wassermasse. Schnell macht er die Augen wieder zu. Er hat sie gesehen, die Schatten unter Wasser, ganz deutlich.

»Ar-no, Ar-no, Ar-no!«

»Ab in die Umkleidekabinen, alle, und zwar sofort.« Herrn Bies' Stimme übertönt die anfeuernden Zurufe. »Arno, komm da runter!«

»Aber Herr Bies, Arno muss noch springen«, sagt Kevin.

»Pech gehabt, das hätte er sich früher überlegen sollen. Ich will keinen mehr im Wasser sehen. Los, in die Umkleidekabinen!«

Murrend drehen sich die Schüler um.

»Arno, komm runter, aber bitte über die Leiter!«, ruft Herr Bies.

Arno kann es kaum glauben. Er ist gerettet. Er braucht

nicht zu springen. Als er rückwärts die Leiter hinabklettert, spürt er die Enttäuschung der Unterwasserwesen. Sie hatten gehofft, dass er springen würde ... Aber darüber will er gar nicht nachdenken.

»Hast dich nicht getraut, was?«, sagt Kevin, als sie zur Schule zurückradeln. Es regnet leicht, aber zum Glück ist es nicht weit.
Arno tritt kräftig in die Pedale. Er hat keine Lust, darüber zu reden, schon gar nicht mit Kevin. Aber Kevin bleibt dicht hinter ihm. »Hasenfuß!«, flüstert er.
Arno wird rot. »Klar hätte ich mich getraut. Aber der Lehrer hat's verboten. Hast du doch selbst gehört.«
»Quatsch«, sagt Kevin. »Du hast gezittert wie Espenlaub. Angst hast du gehabt, gib's doch zu!«
»Du kannst mich mal!« Arno macht mit dem Fahrrad einen Schlenker nach links, direkt vor dem Lehrer, um Kevin abzuschütteln.
»He, Arno, pass auf, wo du hinfährst«, sagt Herr Bies. Kevin grinst hinterhältig, sagt aber nichts mehr. Er fährt ein Stück voraus und flüstert Ella etwas zu. Die dreht sich um, sieht Arno an und kichert. Als sie die Schule erreichen, hat Kevin der halben Klasse erzählt, was für ein Feigling Arno ist.

Mit diesem Theater muss endlich Schluss sein, denkt Arno auf dem Nachhauseweg. Der gesamte Tag war für ihn eine einzige Quälerei. Getuschel hinter seinem Rücken.

Hämische Blicke. Und das alles, weil er diese merkwürdige Angst vor dem Wasser hat, die er niemandem erklären kann. Er ist wütend auf sich selbst.
Aber andererseits – Opa hatte ihm doch von den Wasserwesen erzählt. »Du bist noch zu jung, um das zu begreifen«, hatte er gesagt. »Später, wenn du so alt bist wie ich, wirst du die Geheimnisse von Leben und Tod besser verstehen. Vergiss es am besten wieder.«
Mehr hatte Opa nicht gesagt; er ahnte nicht, dass er große Angst in Arnos Gedanken gesät hatte. Denn Arno vergaß es nicht wieder. Er dachte so lange über Opas rätselhafte Worte nach, bis er schließlich die düsteren Wesen am Grund des Schwimmbeckens mit eigenen Augen sah.
Als Arno in die Straße einbiegt, in der sein Opa zu Lebzeiten gewohnt hatte, überlegt er, ob das Ganze womöglich nur Geschwätz eines etwas vertrottelten, alten Mannes gewesen sein könnte. Hatte Opa vielleicht nur einen Scherz gemacht, ihm Angst einjagen wollen, ohne zu wissen, welch tiefen Eindruck seine Worte hinterließen? Opa hatte etwas übrig für alberne Scherze und manchmal sagte er mit sichtlichem Vergnügen ganz laut »Kacke«.
Als Arno die schmale, baumbestandene Straße mit den kleinen Häuschen entlangfährt, kommt ihm seine Angst auf einmal lächerlich vor. Er nimmt sich vor sie ein für alle Mal loszuwerden. Nächstes Jahr geht er in die Realschule und dann will er sich auf keinen Fall mehr mit dieser kindischen Angst herumschlagen.
Er lehnt sein Rad an einen knallrosa gestrichenen Zaun,

geht den Gartenweg entlang und klingelt. Kurz darauf macht seine Oma auf.
»Arno! Wie schön, dass du mich besuchen kommst, mein Kleiner.«
»Sag nicht Kleiner zu mir, Oma. Nächstes Jahr komme ich in die Realschule.«
Er gibt Oma einen Kuss.
»Jaja«, sagt sie, »aber für mich bist du immer noch mein lieber, kleiner Junge. Das stört dich doch nicht, oder?«
»Nein, Oma.«
Sie gehen durch den Flur ins Wohnzimmer. Dort ist es hell und grün. Große Fenster, viele Pflanzen, frische Blumen aus dem Garten. Mitten im Zimmer steht ein Großbildfernseher. Oma liebt Seifenopern und amerikanische Serien, von denen gerade eine läuft. Arno setzt sich neben Oma auf das geblümte Korbsofa. Auf dem Bildschirm sagt gerade jemand: »Scheißkerl!«, und schlägt einem jungen Mann im weißen Arztkittel die Tür vor der Nase zu.
»Magst du was Süßes?« Oma hält Arno die Bonbondose unter die Nase.
»Willst du ein bisschen mit mir fernsehen? Das ist eine meiner Lieblingsserien. Die da hat heimlich etwas mit dem und ihr Mann weiß nichts davon. Dafür hat ihr Mann was mit seiner Sekretärin und die ist unheilbar krank. Ganz schön kompliziert, diese modernen Fernsehserien. Man darf keine Folge verpassen, sonst versteht man gar nichts mehr.«
Arno hört nicht, was Oma sagt. Er betrachtet nachdenk-

lich Opas Foto auf dem Fernseher. Vor fünf Jahren ist er gestorben.

»Oma, hat Opa früher mal was über irgendwelche Wesen im Schwimmbad erzählt?«

»Wesen im Schwimmbad? Was meinst du damit?«

»Na ja . . . Wesen, die ganz unten im Schwimmbecken rumkriechen und einen an den Fußknöcheln packen wollen.«

Oma sieht Arno mit gerunzelter Stirn an. Sie greift nach der Fernbedienung und schaltet den Fernseher aus.

»Was geht dir denn im Kopf herum, Arno? Hast du wieder Alpträume, so wie damals, als Opa gestorben ist?«

»Alpträume?«

»Ja, weißt du das denn nicht mehr?«, fragt Oma und sieht ihn ernst an. »Viele Nächte nacheinander bist du schreiend aufgewacht. Du hast phantasiert und immer wieder gesagt, dass Opa beim Schwimmen von unsichtbaren Monstern auf den Grund gezogen worden sei.«

Arno kann sich nicht mehr daran erinnern. Ob diese Alpträume der Grund für seine Angst sind?

»Opa ist also wirklich an einem Herzstillstand gestorben?«

Oma lächelt traurig und streicht ihm übers Haar. »Ja, mein Junge. Leider. Es kam vollkommen unerwartet, denn er hatte ja ein kräftiges Herz. Aber der Arzt hat es bestätigt: Das Herz hatte versagt.«

»Und Opa hat wirklich nie etwas gesagt über Wesen im . . .?«

Oma lacht in sich hinein. »Ach, Opa hat so viel gesagt. Er hat sich gern Geschichten ausgedacht. Mich hat er damit auch immer wieder reingelegt. Und je älter er wurde, desto verrückter waren seine Geschichten. Ich hab sie nie ganz ernst genommen. Möglicherweise hat er dir auch solche Märchen erzählt.«
Arno weiß genug. »Ich muss jetzt los, Oma. Sonst wundert sich Mama, wo ich bleibe.« Er gibt Oma einen Kuss und geht in den Flur.
»Tschüss, mein Junge. Schön, dass du da warst. Kommst du bald mal wieder?«
»Ja, Oma. Tschüss.«
Während Arno mit dem Rad nach Hause fährt, entsteht in seinem Kopf allmählich ein Plan. Ein Plan, wie er ein für alle Mal seine Angst vor dem Wasser loswerden kann.

Dunkel zeichnen sich die Umrisse des Hallenbades unter dem Nachthimmel ab. Hinter den hohen Fenstern brennt kein Licht, aber in den Scheiben spiegelt sich der Mond. Der Parkplatz ist leer. Das Schwimmbad ist schon lange geschlossen. Es ist zehn Uhr abends. Arno stellt sein Fahrrad in den Schatten eines Gebüschs. Es war gar nicht so einfach, um diese Zeit noch zu Hause wegzukommen. Aber offenbar klang seine Ausrede, dass er unbedingt noch sein Erdkundebuch bei einem Klassenkameraden holen müsse, ziemlich glaubhaft.
»Halt dich nicht zu lange auf«, hatte sein Vater gesagt.

»Sieh zu, dass du um halb elf wieder zu Hause bist, mein Junge.«
Arno sieht auf seine Armbanduhr. Noch eine halbe Stunde, das muss reichen. Rasch geht er zu einem Fenster an der Rückseite des Gebäudes. In seiner Jackentasche hat er einen großen Schraubenzieher. Der Spalt zwischen Sims und Fenster ist breit genug. Er klemmt den Schraubenzieher dazwischen und schon springt das Fenster auf – ganz einfach! Arno blickt sich verstohlen um. Es ist niemand zu sehen, kein Mensch hat etwas gehört. Er zieht sich am Sims hoch, macht das Fenster weiter auf und schwingt die Beine über die Fensterbank. Jetzt ist er drinnen. Leise landet er auf dem Fliesenboden und befindet sich nun im Gang hinter den Umkleidekabinen. Der Geruch nach Putzmitteln und Chlor steigt ihm in die Nase. Das Mondlicht bildet helle Vierecke auf dem Boden. Arno steht reglos da und lauscht: kein Laut. Niemand da. Eilig geht er zum Ende des Ganges, wo sich die Duschräume befinden – dahinter ist die Schwimmhalle.
Einen Augenblick lang sieht Arno vor seinem geistigen Auge die Wesen, die dort unter Wasser lauern. Wesen, die ihre Arme nach ihm ausstrecken, ihn in die düstere Unterwasserwelt hinabziehen wollen. Noch kann er zurück, durchs Fenster wieder hinaussteigen und niemand würde je erfahren, dass er hier war. »Dann renn doch weg, Hasenfuß«, hört er Kevin flüstern. Arno rennt nicht weg. Stattdessen geht er langsam auf das Dreimeterbrett zu. Hier und heute Abend wird er für immer seine Angst

überwinden. Dieser Kevin soll sich zum Teufel scheren! Arnos Schatten gleitet über die spiegelnde Wasserfläche, als er am Beckenrand entlanggeht. Nur das leise Trittgeräusch seiner Gummisohlen ist zu hören.
Am Sprungbrett bleibt er stehen, zieht seine Schuhe aus und danach Socken, Jacke, T-Shirt, Jeans und Unterhose. Die eiserne Leiter unter seinen nackten Fußsohlen fühlt sich kalt an. Sprosse um Sprosse klettert Arno nach oben, bis er die Plattform erreicht hat. Langsam geht er bis ans Ende des Bretts. Das Wasser bildet eine vollkommen glatte Fläche – es ist fast zu schade, um sie zu durchbrechen. Aber es muss sein. Ein einziger Sprung und er wird befreit sein. Stolz wie ein Olympiasieger wird er danach an den Rand schwimmen. Arno streckt seine Arme kerzengerade nach vorn. Hinter den hohen Fenstern sieht er die Bäume auf dem Parkplatz und ihre Kronen, die sich sanft im Wind bewegen. Arno kann die Blätter rauschen hören. Immer lauter. Erst allmählich wird ihm klar, dass es kein Blätterrauschen ist, was er hört. Das wäre ja gar nicht möglich! Durch die Betonwand und die Fenster könnte man dieses Rauschen niemals hören.
Wispernde Stimmen sind es. Zischelnde Stimmen, die an raschelndes Laub erinnern. Sie raunen seinen Namen, rufen ihn, flüstern in sein Ohr: »Ar-no, Ar-no, Ar-no.«
Arno verharrt reglos auf dem Brett, mit ausgestreckten Armen. Seine weiße Haut schimmert im Mondlicht. Wie eine Marmorstatue steht er da, unfähig sich zu bewegen, und das Geflüster wird immer eindringlicher. Die Stim-

men spülen wie eine Welle über ihn hinweg und kommen von den gefliesten Wänden und der Decke als tausendfaches Echo zurück. »Ar-no, Ar-nonoarnoarnoarnooo. . .« Es klingt wie eine Beschwörungsformel, ein Zauberspruch, der ihm allen Widerstand nimmt.

Unter ihm im Schwimmbecken kräuselt sich das Wasser. Kleine Wellen bilden sich, das Wasser gerät in Wallung, als ob etwas mit Macht vom Grund nach oben drängt. Es klatscht gegen den Beckenrand, schwappt über. Das Schwimmbad verwandelt sich in eine wild schäumende Masse. Arno steht reglos wie ein Standbild inmitten des tobenden Orkans aus Wind und Wasser. Sein Blick senkt sich, wird vom Wasser angezogen. Aus den Wellen ragen Arme hervor, dutzende von Armen ohne Haut, dürr und mit Muskelgewebe überzogen. Sie greifen in die Luft, zum Sprungbrett hin. Köpfe tauchen aus dem Wasser auf. Köpfe mit leeren Augenhöhlen und dunklen Löchern mit brüchigen Zähnen. Sie rufen seinen Namen, immer wieder: »Ar-no, Ar-no, komm zu uns, komm zu uns!«

Er muss springen, das weiß er. Unter sich im aufgewühlten Wasser sieht er inzwischen hunderte von Köpfen mit aufgesperrten Mündern. Die Stimmen füllen seinen Kopf, dringen durch Ohren, Nasenlöcher und alle Poren in seinen Körper. Und sein Körper gehorcht ihnen. Er beugt sich nach vorn, seine Muskeln spannen sich, er ist sprungbereit. Die Klauen im Wasser winken ihm, die Stimmen locken: »Spring, Arno, komm zu uns, für immer!«

»Tu's nicht, Arno«, sagt plötzlich eine leise Stimme. Eine

Hand legt sich sacht auf seine Schulter. Arno blinzelt, als würde er aus einem Traum aufwachen. Noch immer rufen die Stimmen nach ihm. Doch sie klingen jetzt anders: unsicher und auch wütend. Und sie sind nicht mehr in seinem Kopf. Es ist, als könnte Arno langsam wieder selbst entscheiden, was er tut. Er dreht sich um. Hinter ihm steht ein alter Mann in einer viel zu weiten Blümchenbadehose.

Arno muss schlucken. In seinen Augen brennen Tränen.

»Opa?«

Der alte Mann nickt freundlich. Noch immer liegt seine Hand auf Arnos Schulter.

»Ar-no, du musst springen!«, drängen die Stimmen.

Opa schüttelt stumm den Kopf. Sein weißes Haar leuchtet wie ein Strahlenkranz. Mit seiner freien Hand macht er eine Gebärde.

»Hör nicht auf sie, Arno. Spring nicht. Du gehörst nicht zu ihnen. Sie sind tot und du bist lebendig.«

Arno muss noch einmal schlucken. Durch einen feuchten Schleier hindurch sieht er seinen Opa. Er ist es wirklich. Das freundliche, runzlige Gesicht. Die hellblauen Augen. Das weiße Haar, in das er früher so gern sein Gesicht geschmiegt hat.

»Opa, du bist nicht tot, du lebst, ich dachte ...« Er runzelt die Stirn. Wo ist Opa all die Jahre gewesen? Hat er sich irgendwo versteckt? Warum hat er nie etwas von sich hören lassen? Keinen Brief, keine Geburtstagskarte? Was tut Opa hier spätabends in der Badehose? Ist er etwa auch heimlich eingestiegen? Plötzlich wird Arno bewusst, dass er pudelnackt auf dem Sprungbrett steht, verletzlich und wehrlos. Unter ihm schäumt und spritzt das Wasser und die brüchigen Stimmen rufen noch immer seinen Namen. Mit schreckgeweiteten Augen sieht er nach unten.

»Komm jetzt«, sagt Opa. Langsam führt er Arno zurück zur Leiter. Ganz behutsam, wie jemanden, der daran gehindert werden soll, vom Hochhaus zu springen. Sprosse um Sprosse klettern sie hinab.

»Zieh dich an«, sagt Opa, als sie unten angekommen sind. Arno hebt seine Kleider auf. Er wirft einen Blick zur Seite.

»Du darfst nicht hinsehen. Und nicht auf ihre Stimmen hören.«

»Wer ... wer sind sie?«, flüstert Arno, während er in seine Jeans schlüpft. »Zombies?«

»So etwas Ähnliches«, sagt Opa. »Es sind die Toten, die früher hier begraben waren. Sie sind zornig. Sie wollen Rache. Rache an den Lebenden, die sich an ihrer Ruhestätte vergnügen, Lärm machen und ihren Frieden stören.«

»Aber warum wollen sie ausgerechnet mich?«

Opa sieht Arno mitfühlend an. »Weil du sie gesehen hast. Sie können nur Menschen anlocken, die einen Blick für sie haben, die ihre Anwesenheit spüren.«

Opas Blick wird traurig. »Es ist alles meine Schuld. Ich habe dir von ihnen erzählt. Deshalb konntest du sie sehen.« Er schaut aufs Wasser, aus dem noch immer Rufe kommen. »Beeil dich ein bisschen, mein Junge«, sagt er.

Arno bindet seine Schnürsenkel zu und zieht die Jacke an.
»Du hattest sie also tatsächlich gesehen?«
Opa nickt.
»Ich war schon alt, mein Junge. Ich dachte viel an meine alten Freunde und besuchte sie oft auf dem Friedhof. Und später, als hier das Hallenbad gebaut worden war, kam ich jeden Tag zum Schwimmen her. Vielleicht habe ich zu viel an sie gedacht. Vielleicht habe ich sie selbst dadurch herbeigerufen, zurückgeholt an diesen Ort.«
Wasser spritzt gegen Arnos Bein. Ein Gesicht taucht am Beckenrand auf. Ein Grauen erregender Knochenschädel mit einem gähnenden Loch als Mund, aus dem Wasser hervorquillt. »Ar-no«, röchelt eine Stimme, die nichts Menschliches hat. Der Arm des Zombies schiebt sich über die Fliesen und will Arnos Fußgelenk packen. Noch mehr Arme tauchen aus dem Wasser auf und greifen über den Rand.
»Lauf, Arno!«, ruft Opa. »Nichts wie weg, sie kommen raus!«
Arno dreht sich um und rennt auf den Ausgang zu – da rutscht er in einer Wasserlache aus. Keuchend rappelt er sich auf. Als er zurückschaut, sieht er, dass Opa stehen geblieben war. Drei Zombies klettern gerade aus dem Schwimmbecken. Unbeholfen und mit hin und her wackelnden Köpfen kommen sie auf die Füße.
»Opa, komm, sonst kriegen sie dich!«
Opa schüttelt den Kopf. Seine Stimme klingt unendlich traurig. »Mich nicht, mein Junge. Ich bin genau wie sie.«

Und von einem Moment auf den anderen steht statt Opa ein Zombie da, mit eingefallenen Wangen und leeren Augenhöhlen. Eine viel zu weite Blümchenbadehose schlottert ihm um die dürren Beine. Ein Zombie in Schwimmkleidung, mehr ist nicht von Opa übrig.

Arno stößt einen Schrei aus und rennt davon, durch die Duschräume, an den Umkleidekabinen vorbei, den Gang entlang. Er stolpert, fällt, steht wieder auf. Schon kann er das Fenster am Ende des Ganges sehen. Hinter sich hört er das Klappern nasser Zombiefüße auf dem Fliesenboden. Klagende, heulende Stimmen rufen seinen Namen, doch sie scheinen immer schwächer zu werden. Auf Händen und Füßen erreicht Arno das Fenster. Es ist noch immer einen Spaltbreit offen und die kühle Nachtluft strömt herein.

»Ar-no, Ar-no!«, tönen die Stimmen aus der Schwimmhalle.

»Fahrt zur Hölle!«, murmelt Arno. Er schwingt sich auf die Fensterbank, springt und landet kopfüber im Gebüsch. In seinem linken Arm knackt etwas und er schreit auf. Aber für Schmerzen ist jetzt keine Zeit. Jeden Moment können knochige Hände durch das Fenster nach ihm greifen. Er stützt den Arm mit der rechten Hand ab und stolpert zu seinem Fahrrad. Seine Hand zittert, als er den Schlüssel ins Fahrradschloss steckt. Sein linker Arm schmerzt höllisch. Mühsam steigt Arno aufs Rad. Er sieht sich noch einmal zum Fenster um. Dort bewegt sich nichts, alles ist totenstill. Aus dem Schwimmbad ist kein

Laut mehr zu hören. Ob sie aufgegeben haben? Und Opa? Gehört Opa tatsächlich zu ihnen? Opa hat ihn gerettet, zurückgehalten, sonst wäre er gesprungen. Ist das Ganze überhaupt wirklich passiert? Fragen über Fragen gehen ihm durch den Kopf.

Plötzlich spürt Arno eine Hand auf seiner Schulter. Er zuckt zusammen.

»Ganz ruhig, junger Mann. Was machst du so spät noch hier? Das Schwimmbad ist geschlossen.«

Hinter Arno steht ein Polizist und ein Stück weiter hält ein Polizeiauto. Arno war so in Gedanken versunken, dass er den Wagen nicht gehört hat. Er will etwas sagen, da schießt ihm ein stechender Schmerz durch den Arm. Sein Gesicht verzieht sich.

»Oje, was hast du denn gemacht?«, fragt der Polizist erstaunt, als er Arnos Arm sieht. »Dein Arm ist ja ganz merkwürdig abgeknickt, Junge. Bestimmt ist er gebrochen. Wie ist das passiert?«

»Bin gefallen«, stöhnt Arno.

Der Polizist handelt schnell. Er verstaut Arnos Fahrrad im Kofferraum, setzt Arno ins Polizeiauto und fährt Richtung Krankenhaus.

Drei Tage später sitzt Arno wieder bei Oma auf dem Sofa. Sein linker Arm ist eingegipst, für mindestens sechs Wochen. Jedenfalls braucht er nun sechs Wochen lang nicht am Schulschwimmen teilzunehmen. Seine Eltern haben natürlich einen Riesenschreck bekommen, als der Polizist ihn mit einem Gipsarm zu Hause ablieferte. Bin vom Fahrrad gefallen, hat er nur gesagt. Sonst nichts.

Lange hat Arno über alles nachgedacht und ist zu dem Schluss gekommen, dass dies alles nicht wirklich passiert sein kann. Was er im Schwimmbad gesehen hat, kann nur Einbildung gewesen sein. Eine andere Erklärung gibt es nicht.

Ich habe geträumt, denkt er. Mit offenen Augen geträumt. Als ich im Schwimmbad auf dem Dreimeterbrett stand, hatte ich solche Angst, dass ich seltsame Dinge gesehen habe. Und das Seltsamste war Opa mit seiner Blümchenbadehose.

Auch Oma hat er nichts erzählt. Nur dass er beim Radfahren unglücklich gestürzt sei.

»Magst du was Süßes, mein Junge?«, fragt Oma und hält Arno die Bonbondose unter die Nase. Mit seiner freien Hand nimmt Arno einen sauren Drops.

»Weißt du«, sagt Oma, »neulich habe ich etwas Merkwürdiges erlebt, an dem Abend, als du vom Fahrrad gefallen bist.«

»Tatsächlich?«, fragt Arno erstaunt. »Was denn?«

»Nun, um zehn Uhr abends etwa hörte ich ein seltsames Geräusch im Haus. Eine Art Schlurfen im Schlafzimmer. Ich hab mir den Besen geschnappt und wollte nachsehen. Zurzeit sind die Einbrecher ja so mutig, dass sie sogar allein stehende Frauen berauben. Man kann nie wissen, dachte ich.«

»Und war es ein Einbrecher?«

Oma schüttelt den Kopf. »Nein, es war niemand zu sehen, aber ich meinte Schritte zu hören, ganz leise. Und die Gardine hat sich gebauscht. Aber wahrscheinlich habe ich mir das alles nur eingebildet.«
»Ja, Einbildung kann manchmal ganz schön lästig sein«, sagt Arno.
»Aber weißt du, was komisch ist?«, sagt Oma. »Am nächsten Tag merkte ich, dass etwas fehlte.«
»Echt wahr, Oma? Das ist wirklich komisch.«
Oma nickt. »Es war etwas, womit ein Einbrecher ganz bestimmt nichts anfangen könnte. Und dennoch ist es seit jenem Abend verschwunden: Opas alte Blümchenbadehose. Obwohl sie ihm viel zu weit war, ging er immer darin schwimmen. Er mochte sie so gern.«
Oma lächelt. »Manchmal denke ich, dass Opa an dem Abend kurz zurückgekommen ist, um seine Badehose zu holen. Vielleicht hat sie ihm gefehlt. Irgendwie gefällt mir der Gedanke.«
Arno schnappt nach Luft. Ein Schwindelgefühl überkommt ihn, das Zimmer beginnt sich vor seinen Augen zu drehen.
»Was ist, Arno?«, fragt Oma besorgt. »Du bist auf einmal so weiß wie dein Gipsarm. Was hast du? Ar-no, Ar-no!«

Aus dem Niederländischen übersetzt von Eva Schweikart

Andreas Steinhöfel

Nächster Parkplatz 200 m

»Können wir anhalten? Ich muss mal!«

Alles, wirklich *alles* musste Christin mit diesem quengelnden Unterton sagen! Als wäre sie noch ein kleines Mädchen, dabei war sie acht Jahre alt. Mit acht Jahren, fand Winnie, musste man nicht mehr alle naselang quengeln. Und schon gar nicht, dachte er, musste man mit acht Jahren *ununterbrochen* aufs Klo. Er selbst war elf. Und er würde sich lieber in die Hose machen, als ständig so herumzuquengeln wie seine Schwester.

»Ich muss nötig!«

»Du hast erst vor einer halben Stunde Pipi gemacht«, gab Mama von ihrem Platz auf dem Beifahrersitz zurück und: »Gott, ist das heiß hier drin!«

»Aber nicht das Fenster aufmachen!«, krähte Christin.

Papa löste eine Hand vom Lenkrad und griff unter das Armaturenbrett. »Also, die Klimaanlage funktioniert«, sagte er.

»Und verpestet die Ozonschicht«, antwortete Mama mit ruhiger Stimme.

Papa schnaufte. »Wer wollte denn unbedingt einen Wagen mit allem Schnickschnack? *Ich* jedenfalls nicht.«
»Von einer Klimaanlage war nie die Rede.«
»So? Da hab ich aber noch was ganz anderes im Ohr.«
»Papa hat was im O-hor, Papa hat was im O-hor!«, sang Christin.
Winnie verdrehte die Augen. Die Fahrt würde noch Stunden dauern – *Stunden!* – und Christin war einfach nur fürchterlich. Wenn Papa schlau war, würde er sie auf dem nächsten Parkplatz aussetzen und dann einfach abhauen. Sollte die Heulsuse doch sehen, wie sie zurück nach Hause oder nach Italien kam. Vielleicht würde irgendein Fernfahrer sie auflesen. Genau. Sollte sie den doch in den Wahnsinn treiben von hier bis Neapel oder sonst wohin.
»Ich muss *ganz* ehrlich und *ganz* nötig!«
»Du nervst, Chris«, sagte Mama und jetzt klang ihre Stimme nicht mehr ruhig, sondern ungeduldig.
Papa zuckte mit den Achseln. »Ich hab gleich gesagt, lass uns den Kindern zum Reiseantritt Schlaftabletten geben. Oder eine Vollnarkose.«
Winnie sah Papa im Rückspiegel grinsen. Das sollte wohl witzig sein, dabei war es nur ungerecht. Schließlich war Christin die Einzige, die dauernd herumquäkte. Dann richtete Papa den Blick zurück auf das graue, nur wenig befahrene Band der Autobahn und Winnie spähte zu Mama. Die lachte auch nicht. Seine Eltern hatten schon seit Ewigkeiten nicht mehr miteinander gelacht. Neulich hatte ein Professor im Fernsehen gesagt, wenn ein Mann und

eine Frau nicht mehr miteinander lachten, wäre das ein schlechtes Zeichen für eine Ehe. Es gab noch jede Menge andere schlechte Zeichen, deshalb hatte Winnie schnell den Sender gewechselt. Er war bei einem Film gelandet, in dem Außerirdische ein Dorf in England überfielen. Sie zerballerten mit ihren Ufos die Häuser und klauten Hunde aus den Vorgärten, die sie mit grüner Soße beschmierten und dann auffraßen.

Christin boxte ihn in die Seite. Manchmal machte sie das, einfach so, die dumme Nuss. Winnie gab ihr einen winzigen Knuff zurück, der sofortiges Sirenengeheul nach sich zog.

»Der haut mich!«

»Wenn ich dich richtig haue«, knurrte Winnie seine Schwester an, »dann ...«

»Ach, und dann Florenz«, seufzte Mama, was ein bisschen komisch war, weil sie seit Minuten keinen Ton von sich gegeben hatte. »Die Uffizien!«

»Was ist die *Ufitzjen?*«

»Was *sind* die Uffizien«, verbesserte Mama Christin. »Na, eben Kunst. Jede Menge Kunst.«

»Gleich kommen die Staus«, sagte Papa.

»Gleich piller ich mir in die Hose«, kündigte Christin an.

Mama hatte nach Italien gewollt wegen der Kunst. Papa hatte an den Atlantik gewollt wegen der hohen Wellen. In Richtung Italien, behauptete Papa, gab es jede Menge Staus – in Richtung Atlantik natürlich nicht –, auch wenn bis jetzt auf der fast leeren Autobahn nichts darauf hindeutete.

Winnie entdeckte das Schild als Erster. Auf blauem Untergrund prangten ein großes weißes P und eine Zahl. Er zeigte nach vorn. »Nächster Parkplatz 200 Meter.«

»Rettung für die Polster.« Mit einem Seufzer setzte Papa den Blinker. »Aber das ist vor der Grenze das letzte Mal, Fräulein, verstanden?«

Mama schüttelte den Kopf. »Dass du dem Kind auch immer seinen Willen lassen musst.«

Papa gab keine Antwort. Er bog auf den Parkplatz ein, auf dem bereits fünf oder sechs andere Autos standen, ließ den Wagen ausrollen und stellte den Motor ab. Winnie öffnete die Tür und Hitze schwappte in den Wagen. Mama sah über die Schulter nach hinten zu Christin. »Muss ich mitgehen?«

»Nee, ich kann alleine«, kam die Antwort. »Ich bin doch kein kleines Baby!«

Das denkst auch nur du, dachte Winnie.

Sie stiegen aus. Christin marschierte sofort zu den Toiletten, die in einem kleinen Häuschen untergebracht waren. Papa begann Kniebeugen neben der Fahrertür zu machen. Mama stemmte eine Hand in die Hüfte. »Muss das sein?«

»Es ist gesund.«

»Es sieht bescheuert aus.« Mama spähte zu den Leuten, die weiter vorn geparkt hatten. Dort machte niemand Kniebeugen.

»Lieber bescheuert als Kreuzschmerzen«, keuchte Papa. »*Du* musst schließlich nicht fahren.«

»Ich habe es dir angeboten.«

»Und vielen Dank auch! Bei deinem Tempo können wir . . . äächhh . . . wenn wir angekommen sind, sofort wieder umdrehen. Ich hab dir erst . . .«

Winnie hörte nicht mehr hin. Das versprach wieder eine dieser Unterhaltungen zu werden, die den Professor im Fernsehen interessieren würden. Er sah sich um. Das Toilettenhäuschen war bemalt. Nicht mit Graffiti, wie Winnie sie aus der Stadt kannte, wo die bunten Kritzeleien an fast jeder freien Hauswand aufblühten, sondern mit richtigen kleinen Bildern. Kunst. Womöglich echte Ufitzjen.

Jenseits des Parkplatzes erstreckte sich ein schier endloses Maisfeld. Ganz grün war es, die Fruchtstände waren noch geschlossen. Man könnte in diesem Feld verschwinden, überlegte Winnie. Sollten Mama und Papa doch ohne ihn nach Italien fahren. Sollte Christin doch unterwegs die Hälfte aller Klohäuschen entlang der Strecke besichtigen. Aber er, Winnie, würde abhauen. Er würde sich durch das Maisfeld schlagen und dann, genau, nach Amerika abhauen oder so. Er würde irgendwie zur Küste gelangen und dort auf einem Frachtschiff anheuern, das nach Amerika fuhr.

Das Problem war nur, dass er nicht genau wusste, in welcher Richtung die nächste Küste lag. Winnies Blick glitt über das endlose Maisfeld. Er konnte vermutlich tagelang darin herumstapfen, um dann auf der anderen Seite herauszukommen und dort auf freundliche Russen zu treffen, die ihn im Uralgebirge oder so willkommen hießen.

Na ja, dann eben Russland. Hauptsache, es gab dort Hamburger.
Winnie hatte Hunger. Großen Hunger. Vor allem hatte er Lust auf *ungesundes Zeug* – so nannte Mama Hamburger, Fritten, Nutella und was sonst noch gut schmeckte. Mama hatte nur Müsliriegel ohne Zucker und Vollkornbrote eingepackt. Und Mineralwasser, keine Cola. Ein Grund mehr, nach Amerika auszuwandern.
Aus dem Maisfeld ertönte ein Rascheln. Etwas bewegte sich durch das angrenzende Gras. Ein paar Halme knickten um. Winnie hielt die Luft an. *Außerirdische!*
Dann musste er grinsen. Vor ihm stand, schnuppernd und auf den Hinterbeinen, der kleinste Außerirdische, den er je gesehen hatte. Es war ein Hamster. Kein Feldhamster, wie man ihn hier, in der Nähe des Maisfeldes, vielleicht erwarten durfte und wie Winnie ihn aus dem Naturkundemuseum kannte – ein riesiges, ausgestopftes Vieh, groß wie ein Kaninchen, mit dicken, voll gestopften Backentaschen, als hätte es ein Kaninchen *gefressen* –, nein, dies hier war ein Goldhamster.
Keine Haustiere, die machen nur Dreck, hörte Winnie seine Eltern sagen, ausnahmsweise mal einer Meinung. Das war noch gar nicht so lange her. *Und im Urlaub weiß man dann nicht, wohin mit ihnen.*
Er wusste sofort, dass der Hamster ausgesetzt worden war. Millionen Tiere wurden ausgesetzt, wenn die Urlaubssaison begann, das hatten sie im Fernsehen gesagt. Hauptsächlich Hunde und Katzen und manchmal auch

Schmuckschildkröten. Die landeten in Fischteichen, fraßen fröhlich die Forellen aus dem unerwarteten Schlaraffenland und wurden dabei fett und fetter. Von ausgesetzten Hamstern aber hatte Winnie noch nie gehört. Sehr seltsam ...

Andererseits, das hatten sie neulich im Fernsehen gesagt, gab es angeblich sogar Leute, die auf dem Weg in den Urlaub ihre Omas und Opas aussetzten, und das war nicht nur seltsam, das war *verrückt* ... In Erwartung sich plötzlich teilender Maisstauden sah Winnie beunruhigt über das grüne Feld, bevor er sich wieder dem Hamster zuwandte.

»Du hast ja 'nen kleinen Bürzel auf dem Kopf!«, flüsterte er. Er ging in die Hocke und streckte eine Hand aus. Der Hamster kam sofort angetapert, ganz zutraulich. Seine dunklen Knopfaugen blitzten. Vermutlich hatte das Kerlchen Hunger. Womit sich die Frage erledigt hatte, wer unterwegs das viele Körnerbrot und die Müsliriegel essen sollte. Winnie beschloss seine Auswanderungspläne nach Amerika auf später zu verschieben, versteckte den Hamster in seiner Hemdentasche und ging zum Auto zurück. Er fühlte das Tierchen an seiner Brust herumwuseln. Ufitzjen mit Hamster.

Weiter ging die Fahrt. Papa und Mama hatten sich wieder beruhigt. Genauer gesagt, sprachen sie kein Wort mehr miteinander. Dafür plapperte Christin ohne Unterlass und erzählte irgendwas von ihren Abenteuern auf dem Klo, wo angeblich nebenan dauernd jemand gepupst und

dabei *Oh La Paloma Blanca* gesungen hatte. Winnie hörte sich das fünf Minuten lang an. Dann nahm er den Hamster aus der Hemdentasche und hielt ihn Mama durch die Lücke zwischen den Sitzen unter die Nase.
»Guck mal.«
Mama schrie so laut, dass Papa instinktiv in die Eisen ging. Der Wagen schlitterte kurz nach links, dann nach rechts. Von hinten ertönte ein böses Hupen.
»Bist du wahnsinnig –«
»Wie niedlich!«, rief Christin entzückt.
»Wo kommt der Hamster her?«, keuchte Mama.
»Jemand hat ihn ausgesetzt, neben dem Maisfeld am Parkplatz«, sagte Winnie. Und fügte sicherheitshalber gleich hinzu: »Ich will ihn behalten. Bitte, darf ich ihn behalten?«
»Einen Hamster?«, schnappte Papa, der den Wagen wieder unter Kontrolle gebracht hatte. »Wer, zum Teufel, setzt einen Hamster aus?«
Mama schüttelte den Kopf. »Musst du Schimpfworte vor den Kindern benutzen?«
»Hamster ist doch kein Schimpfwort«, sagte Christin.
»Also, darf ich, bitte!«, wiederholte Winnie.
»Darf man Hamster überhaupt nach Italien einführen?«, sagte Papa. Im Rückspiegel sah Winnie, dass er die Stirn gerunzelt hatte. »Müssen die da nicht in Quarantäne oder so was?«
»Was ist Karan. . .dings?«, fragte Christin.
»Das ist was für kleine Babys mit der Pinkelkrankheit!«,

blaffte Winnie. »Die werden an der Grenze festgenommen, damit sie nicht die Italiener damit anstecken. Sonst würden nämlich alle Italiener ins Mittelmeer –«

»Winnie!«

»Wenn sie doch so doof fragt.«

»Also, was ist jetzt mit dem Vieh und der Quarantäne?«, fragte Papa.

»Wir könnten Eddie im Handschuhfach verstecken«, schlug Winnie vor.

»Eddie?«, wiederholte Mama. »Seit wann heißt der Hamster Eddie?«

»Seit gerade eben jetzt.«

»Ist er ein Junge?«, fragte Christin.

Na ja, das war ausnahmsweise keine doofe Frage. Winnie drehte den Hamster vorsichtig auf den Rücken und sah zwischen die kurzen Hinterbeine.

»Also, wenn Jungen so zwei kleine Erbsendinger haben ...«

Blitzschnell drehte Mama sich zu ihm um. »Winnie!«

»Hamstereier.«

»Winnie!«

»Jedenfalls ist es ein Junge.«

»Ach, bitte!«, sagte Christin.

Sie hielt Winnie eine Hand entgegen. Wenn sie wollte, konnte sie sogar lächeln. Das sah zwar aus, als habe jemand den Deckel eines Klaviers geöffnet, weil Christin in den letzten Wochen kurz nacheinander vier Milchzähne ausgefallen waren und jetzt an deren Stelle nur ein paar schwarze Lücken klafften. Aber es war ein Lächeln.

Winnie stöhnte leise auf. Automatisch schloss sich seine Hand etwas fester um Eddie. Christin würde einen Riesenaufstand machen, wenn er ihn nicht rausrückte. Womöglich würde sie aus Protest nicht Bescheid sagen, wenn sie das nächste Mal aufs Klo musste. Aber Eddies Leben stand auf dem Spiel. Christin hatte mindestens schon ein halbes Dutzend Plüschtiere auf dem Gewissen, aber Eddie war *echt.*

»Bitte, Winnie!«, wiederholte sie.

Er überlegte, wie er sie ablenken konnte, beugte sich nach vorn und fragte Mama: »Wie sagt man auf Italienisch *Hamsterfutter?«*

Mama zuckte die Achseln. »Woher soll ich das wissen? Ich kann nur *ragazzo* und *stronzo* und weiß noch nicht mal, was das heißt.«

»Da fährt die Dame nach Italien«, sagte Papa, »aber spricht kein Wort Italienisch. *Grazie!«*

»*Si, signore.* Aber die Dame findet das gar nicht so schlimm.«

»Hmm ... Und was ist jetzt mit dem Hamster?«

»Also ...«

Winnie sah seine Eltern grinsen. Er bemerkte, wie Christin sich trotzdem neben ihm auf dem Sitz nach hinten drückte, als wolle sie sich darin verkriechen. Sie war ein bisschen blass um die Nase, fand er. Plötzlich tat sie ihm Leid. Sie hatte noch nicht gelernt zu unterscheiden, wann ihre Eltern sich stritten und wann sich, wie jetzt, eine Versöhnung anbahnte. Winnie kannte das bereits, aber für eine Achtjährige war es zu verwirrend, dieses unvermittelte Hin und Her. Er war elf und da konnte er sich ja ein bisschen, wenigstens ein kleines bisschen um Christin kümmern, oder?

Genau.

»Hier.« Winnie hielt seiner Schwester den Hamster entgegen. Vor Überraschung machte Christin ganz kullerrunde Augen. Dann zeigte sie ihre komplette Klaviertastatur, schwarz, weiß, schwarz, weiß, weiß ...

»Den schenke ich dir«, sagte Winnie. »Aber wir passen gemeinsam auf ihn auf, einverstanden?«

Und nach vorn sagte er laut: »Hey! Eddie hat Hunger und er *liebt* Vollkornmüsli!«

Wolfram Hänel

Johnny-Gut-Drauf

Das Wetter war die ganze Zeit total irre. Als hätte es in den Wochen davor so viel geregnet gehabt, dass nichts mehr übrig war. Wir hatten jeden Tag mindestens fünfundzwanzig Grad und David war ständig mit seiner Gießkanne unterwegs, sogar nachts ist er aufgestanden, um sich um seine Eichen zu kümmern. Für Johnny-Gut-Drauf, Milchschnitte, Schokoriegel und die anderen Ponys haben wir Ron eine alte Badewanne als Pferdetränke abgeschwatzt (er hat uns einen Sonderpreis gemacht – zwei Schachteln Marlboro und ein Sixpack Guinness, die Marlboro hat Nora »besorgt« und das Guinness habe ich bei uns aus dem Kühlschrank genommen). Wenn auch die Pferde kaum dazu kamen, sich voll zu saufen, weil meistens Little Lara und Breeda mit dem Border Collie in der Wanne lagen!

In den Zeitungen haben sie von einer »Hitzewelle« geschrieben und dazu aufgerufen, sparsam mit dem Trinkwasser umzugehen, also keine Autos mehr zu waschen und nicht den ganzen Tag den Rasensprenger laufen zu lassen. Aber das war uns eigentlich völlig egal, ich meine, bei uns würde sowieso niemand auf die Idee kommen, seine Rostlaube zu WASCHEN, und Rasenflächen gibt es auch nicht. Wenn sich irgendwo mal ein paar Halme zeigen, kriegen das garantiert auch die Ponys mit, und das war's dann mal wieder mit dem »Rasen«. Aber genau das war auch das Problem ...

Wir hatten nämlich die hirnrissige Idee, die Ponys einfach auf dem Dreckplatz anzupflocken und zum Kanal rüberzugehen, um zu baden. Drei- oder viermal nur, bis das Kanalwasser durch die Hitze nur noch eine brackige Brühe war und sich keiner mehr getraut hat reinzuspringen, aber da war es schon zu spät. Erst hat keiner was gemerkt, wir sind alle nach Hause gegangen wie immer, ich habe Johnny-Gut-Drauf frisches Wasser hingestellt und noch ein bisschen mit ihr geredet und dann habe ich mir mit David »Das Leben des Brian« im Fernsehen angeguckt. Und als es mir zu blöd wurde, bin ich in mein Zimmer und habe noch ein paar alte Lucky-Luke-Hefte von meinem Vater gelesen.

Irgendwann muss ich dann auch eingeschlafen sein, jedenfalls war ich gerade mit Johnny-Gut-Drauf mitten in Jerusalem mit lauter bekloppten Römern um mich rum und plötzlich hat mich Lucky Luke an der Schulter gerüttelt und geschrien: »Aufwachen, Moira, he, wach auf!«

»Hau ab!«, habe ich geknurrt und mich auf die andere Seite gedreht. »Lass mich in Ruhe!«

Aber Lucky Luke hat mich immer weiter angeschrien,

und weil er ja schneller schießt als sein Schatten, habe ich gedacht, dass es vielleicht doch klüger wäre, mal kurz die Augen aufzumachen und zu fragen, was er will. Und dann hätte ich fast einen Lachanfall gekriegt – Lucky Luke mit roten Haaren und Zopf! Und seinen Hut hatte er auch nicht auf, keine selbst gedrehte Kippe zwischen den Lippen, nichts, und auch Jolly Jumper war nirgends zu sehen. Nur die Wände meines Zimmers mit den Pferdepostern im trüben Licht der Straßenlaterne und – mein herzallerliebstes Brüderchen!

Aber David war offensichtlich überhaupt nicht nach Lachen zu Mute. Er war so aufgeregt, wie ich ihn lange nicht mehr erlebt hatte. Im ersten Moment dachte ich, seine Eichen wären vielleicht verdurstet oder nein, so oft wie er sie gießt, eher abgesoffen. Oder Madonna hätte alle Blätter abgefressen oder irgend so was. Johnny-Gut-Drauf hat Fußball mit Davids Lieblingseiche gespielt ...

»Mit Johnny-Gut-Drauf stimmt was nicht! Sie liegt auf der Seite und wälzt sich und atmet ganz komisch und so!«

Jetzt habe ich überhaupt erst mitgekriegt, was David mir da die ganze Zeit schon erzählen wollte. Mit einem Satz bin ich aus dem Bett und vor ihm her die Treppe runter, durch die Küche und durch den Garten und zum Schuppen rüber ...

Und da lag Johnny-Gut-Drauf auf dem Boden, die Flanken schweißnass und die Augen angstvoll aufgerissen. Als ich mich neben sie gehockt habe, hat sie sogar versucht zu beißen. Und sie hat viel zu schnell geatmet und

sich hin und her gewälzt und sich immer wieder mit den Hinterbeinen gegen den Bauch getreten.
Ich war total hilflos und wusste nicht, was ich machen sollte, ich habe nur irgendwelches Zeug geredet, um sie zu beruhigen, und David hat die ganze Zeit hinter mir rumgejammert.
»Hol Billy und Eileen«, habe ich gerufen und David ist losgezischt wie der Blitz, ich glaube, er war froh, dass er irgendwas tun konnte.
Dann haben wir zu viert neben Johnny-Gut-Drauf gehockt und meine Mutter hat es wenigstens geschafft, ihren Kopf festzuhalten, aber Johnny-Gut-Drauf hat sich trotzdem weiter hin und her geworfen und ließ sich nicht beruhigen.
»Wir brauchen einen Tierarzt«, hat meine Mutter gesagt, aber mein Vater hat nur mit dem Kopf geschüttelt.
»Woher willst du jetzt einen Tierarzt holen?«, hat er geknurrt. »Du glaubst doch nicht im Ernst, dass einer von diesen gelackten Schnöseln nachts um zwei nach Cherry Orchard kommt? Der hätte viel zu viel Angst, dass wir die Reifen von seinem Angeber-Jeep klauen oder die Rechnung nicht bezahlen können oder was weiß ich.«
»Und was ist mit dem alten O'Sweeny?«, hat meine Mutter gefragt.
»Der kann um diese Zeit nicht mal mehr geradeaus gucken, geschweige denn gehen oder aufrecht stehen – wenn wir überhaupt die Kneipe finden würden, in der er sich voll laufen lässt. Nein, das kannst du vergessen.«

»Dann holen wir Neill«, habe ich gerufen und bin aufgesprungen. »Neill weiß bestimmt ...«
»Neill!«, hat meine Mutter nur gestöhnt und die Augen verdreht, aber mein Vater hat gleich gesagt: »Warum nicht? Okay, ich fahre rüber und hole ihn ...«
Also ist mein Vater mit David los, um Neill zu holen, und meine Mutter und ich haben uns weiter um Johnny-Gut-Drauf gekümmert. Wir haben kaum ein Wort geredet, weil wir beide nicht wussten, was wir sagen sollten, und ich glaube, meine Mutter hatte genauso viel Angst wie ich.
Immer wieder haben wir Johnny-Gut-Drauf den Eimer mit Wasser hingestellt, aber sie hat sich geweigert zu trinken. Dann hat meine Mutter einen Stapel Handtücher aus dem Haus geholt und abwechselnd haben wir die Tücher nass gemacht und Johnny-Gut-Drauf den Schweiß abgewischt und versucht ihr das Maul zu kühlen, immer wieder und wieder.
Und dann war endlich Neill da. Er hat nur einen kurzen Blick auf Johnny-Gut-Drauf geworfen und gesagt: »Sie muss stehen. Los, helft mir.«
Irgendwie haben wir es geschafft, Johnny-Gut-Drauf zum Stehen zu bringen, aber sie hat immer weiter versucht sich gegen den Bauch zu treten und sie muss furchtbare Schmerzen gehabt haben.
»Was ist denn jetzt?«, habe ich gerufen und hätte am liebsten losgeheult. »Was ist mit ihr?«
»Eine Sandkolik, glaube ich«, hat Neill gesagt, aber er hat

es nicht zu mir gesagt, sondern eher so, als würde er mit sich selbst reden.
Trotzdem habe ich die Frage gestellt, die mir die ganze Zeit schon im Kopf rumging. Ganz leise habe ich gefragt: »Und? Kann sie daran ... sterben?«
Da hat mich Neill zum ersten Mal in dieser Nacht ruhig angeguckt und hat gelächelt und gesagt: »Nicht wenn es nach mir geht.«
Aber ich habe trotzdem gemerkt, dass er sich seiner Sache alles andere als sicher war und dass er mich nur irgendwie trösten wollte.
»Was heißt das?«, hat mein Vater auch sofort nachgehakt.
»Das heißt, dass wir sie die ganze Nacht in Bewegung halten müssen und die Finger kreuzen ...«
Ohne ein weiteres Wort hat er Johnny-Gut-Drauf aus dem Schuppen geführt und ist in der Dunkelheit eine Runde nach der anderen mit ihr gelaufen, hat ihr gut zugeredet dabei und ihr immer wieder den Hals geklopft. Und wir haben dabeigestanden und kamen uns so verdammt hilflos vor, aber keiner hat auch nur im Traum daran gedacht, jetzt ins Bett zu gehen, obwohl David schon fast im Stehen schlief und ihm ständig die Augen zufielen. Mein Vater hat mir ein paarmal den Arm um die Schultern gelegt und mich fest an sich gedrückt und meine Mutter hat so ungefähr alle zehn Minuten frischen Tee gekocht.
Stunde um Stunde haben wir so dagestanden und ich habe keine Ahnung, wie Neill es geschafft hat, immer weiter-

zulaufen und dabei noch auf Johnny-Gut-Drauf einzureden, ganz ruhig hat seine Stimme geklungen und jedes Mal, wenn er an uns vorbeikam, haben wir ein paar Sätze aufgeschnappt. Er hat schon lange nicht mehr nur »ganz ruhig, meine Alte« und solche Sachen gesagt, sondern endlose Geschichten erzählt, von Finn McCool und Cuchulainn und wie Oisin mit der blonden Niamh über irgendeinen Strand ins Land der ewigen Jugend geritten ist, »und das Pferd, das sie geritten haben, war ein schneeweißes Connemara, mit grauer Mähne und grauem Schweif . . .«

Erst als es schon anfing, zu dämmern, hat Neill mich zu sich gerufen.

»Und?«, habe ich ängstlich gefragt.

»Ich glaube, sie schafft es«, hat er gesagt, und während der nächsten Runden bin ich neben ihm hergelaufen und Neill hat versucht mir zu erklären, was seiner Meinung nach passiert ist.

»Wenn das Gras zum Beispiel zu kurz ist oder so verdorrt wie im Moment, dann nimmt das Pferd beim Fressen zu viel Sand auf. Der Sand liegt dann wie ein Klumpen im Darm, aber das Pferd frisst immer weiter und dadurch wird alles noch viel schlimmer. Irgendwann wird dann der Schmerz so stark, dass es anfängt, sich zu wälzen, und sich mit den Hinterbeinen in den Bauch treten will, nur um diesen Schmerz loszuwerden. Aber der Schmerz hört nicht auf, solange sich die Verstopfung nicht löst, deshalb muss man das Tier bewegen und . . . und hoffen. Klar, ein

Tierarzt kann ihm irgendeine Spritze geben, um den Krampf zu lösen, aber ohne Tierarzt kannst du eben nur hoffen. Vor allem muss sie kacken«, hat er noch hinzugesetzt und Johnny-Gut-Drauf den Hals geklopft und genau in dem Moment hat sie den Schweif gehoben und ein paar kleine, harte Kötel rausgedrückt!

»Genau das meinte ich«, hat Neill zufrieden gesagt und gegrinst, »weiter so, alte Dame . . .«

Ich weiß nicht mehr, wie oft Johnny-Gut-Drauf dann noch gekackt hat. Und jedes Mal sah es ein bisschen mehr aus wie richtige Pferdeäpfel. Aber vorbei war die Aufregung deshalb noch lange nicht. Neill meinte, Johnny-Gut-Drauf müsste jetzt vor allem möglichst kühl stehen. Und viel trinken. Und auf keinen Fall fressen!

Also haben wir sie im Schatten hinter dem Schuppen angebunden und ihr feuchte Wadenwickel verpasst. Und mein Vater und David haben die Badewanne rangeschleppt und mit frischem Wasser gefüllt, während Neill aus einem Jutesack eine Art Maulkorb gebastelt hat, den wir Johnny-Gut-Drauf dann überstreifen konnten. »Damit kann sie trinken, aber nicht fressen«, hat Neill erklärt, »denn wenn sie frisst, geht alles wieder von vorne los.«

Völlig fertig sind wir alle zusammen zu uns in die Küche gewankt. Meine Mutter hat trotzdem erst mal Eier und Würstchen gebraten und hat sogar versucht ein Gespräch mit Neill anzufangen. Allerdings klang es eher wie ein Verhör, woher er so viel über Pferde wissen würde und ob er sich schon mal überlegt hätte mit seinem Wissen irgendwas »Sinnvolles« anzufangen. Als Pferdepfleger zu arbeiten oder so. Sie hat wirklich »Pferdepfleger« gesagt, nicht Tierarzt, wahrscheinlich hat sie gedacht, das wäre dann doch zu viel für einen ... einen wie Neill. Ziemlich unfair, fand ich, aber ich habe es ja gesagt: Meine Mutter mag Neill nicht besonders.

Neills Antworten taugten auch nicht gerade dazu, die Stimmung zu verbessern. Bloß »ja« oder »nein« oder »weiß nicht«. Bis es mir einfach zu doof wurde und ich aufgestanden bin und mich quer über den Tisch gebeugt habe, um Neill einen Kuss zu geben. »Danke noch mal«, habe ich gesagt und: »Ohne dich hätten wir echt nicht gewusst, was wir tun sollten.«

»Stimmt«, hat mein Vater schnell gesagt, »du hast was gut bei uns.« Aber Neill hat kaum von seinem Teller hochgeguckt und nur zwischen zwei Bissen den genialen Satz von sich gegeben: »Klar, wenn es so weit ist, melde ich mich bei Ihnen.« Und schon wieder weiter Würstchen gemampft.

»Wie? Was? Wofür?«, hat meine Mutter entsetzt gefragt. Und dabei hat sie ein Gesicht gemacht, als würde sie erwarten, dass Neill am nächsten Tag mit seiner ganzen Sippe bei uns einziehen wollte. Oder meine Eltern auffordern ihm MICH als Gegenleistung zur Frau zu geben. Oder noch Schlimmeres.

Aber bevor es endgültig peinlich wurde, flog die Tür auf und Little Lara kam rein und hat geschluchzt: »Kommt schnell, Johnny-Gut-Drauf ...«

Wir sind aufgesprungen und zum Schuppen rüber – und keine Sekunde zu spät! Johnny-Gut-Drauf hatte versucht zu trinken, aber das Wasser war oben in den Jutesack reingelaufen, und jetzt kriegte sie keine Luft mehr und war kurz davor, zu ersticken!
Mit einem Ruck hat Neill die Jute weggerissen. Ich glaube, er war genauso erschrocken wie wir, aber außer ein paar halblauten Flüchen hat er sich nichts anmerken lassen.
»So geht es nicht«, hat er dann ganz ruhig gesagt.
»Ach was?«, kam sofort der Kommentar von meiner Mutter, aber Neill hat sie gar nicht weiter beachtet.
»Wir brauchen einen richtigen Maulkorb«, hat er stattdessen gesagt, »aber der muss extra angefertigt werden, aus Lederriemen, versteht ihr, der muss genau passen, das kann ich nicht . . . Moment, ich hab's! Der Hippie von deiner Schwester – wie hieß der noch mal?«
»Du meinst Jamsie«, habe ich gesagt.
»Jamsie, genau. Der hat mal so was gemacht . . .«
Mein Vater hatte an dem Tag keine Tour und er hätte Jamsie gut holen können. Klar, er hätte es auch gemacht, aber zum Glück ist mir gerade noch rechtzeitig eingefallen, dass Jamsie sich ja in kein Auto setzt. Nie. Aus Prinzip nicht. Weil er sagt, Autos wären der Fluch der Menschheit und ohne Autos wäre alles viel besser. Vielleicht hat er ja sogar Recht, aber im Moment wäre es natürlich besser gewesen, wenn wir ihn einfach mit dem Auto hätten holen können. Vor allem wäre es schneller gegangen.
So hat meine Mutter erst ewig nach der Telefonnummer

von Jamsies Nachbarn gesucht (Jamsie selber hat natürlich kein Telefon, er sagt, Telefone kämen gleich nach Autos und ohne Telefone ... na ja, und so weiter) und dann mussten wir den Nachbarn überzeugen, dass es wirklich wichtig ist und dass er Jamsie holt, damit der uns zurückrufen kann.

Aber wenigstens war Jamsie zu Hause und nicht irgendwo im Moor unterwegs. Keine zehn Minuten später habe ich seine Quäkestimme im Ohr gehabt. Er hat wirklich eine richtige Quäkestimme, eigentlich viel zu hoch für einen Mann. Wenn er früher kam, um Abigail zu besuchen, haben David und ich uns immer halb kaputtgelacht, sowie er nur den ersten Satz gesagt hat. Aber jetzt hätte er genauso gut auch piepsen oder lispeln können, solange er nur sagen würde, dass er Warlock anspannt und kommt. Und er hat es gesagt! Als wäre überhaupt nichts dabei, mal eben mit dem Pferdewagen aus den Wicklow-Bergen nach Dublin zu kutschieren.

Die nächsten Stunden haben wir also nichts machen können als warten. Neill und ich haben uns abwechselnd um Johnny-Gut-Drauf gekümmert und zwischendurch versucht auf dem Strohballen im Schuppen ein bisschen zu pennen. Aber es war furchtbar heiß im Schuppen und stickig und ich habe die ganze Zeit gedacht: Hoffentlich. Hoffentlich wird alles wieder gut mit Johnny-Gut-Drauf. Außerdem kamen dann auch noch Nora und Katie und ich musste ihnen erst mal die ganze Geschichte erzählen. Jedenfalls habe ich kaum ein Auge zugekriegt.

Mit Milchschnitte und Schokoriegel hatte es überhaupt keine Probleme gegeben.

»Sie sind daran gewöhnt«, hat Neill gemeint, »sie fressen jeden Tag den Dreck hier in sich rein. Aber Johnny-Gut-Drauf hat bis vor ein paar Tagen nur das Gras aus den Bergen gekannt . . .«

Klar, das klang halbwegs einleuchtend. Und mir ist zum ersten Mal richtig klar geworden, was es eigentlich heißt, ein Pferd zu haben. Hier, bei uns, weit weg von jeder Bergwiese, mitten in der Stadt. Und dass es vielleicht nicht reicht, ein Pferd einfach toll zu finden und sich auch wirklich darum zu kümmern. Saftiges Gras und kühlen Wind und das alles gibt es hier eben nun mal nicht.

Inzwischen standen fast alle Nachbarn um Johnny-Gut-Drauf herum und jeder hatte irgendeinen Tipp oder wusste eine Geschichte. Und doch hatte ich gleichzeitig das Gefühl, dass es niemand wirklich um Johnny-Gut-Drauf ging, sondern nur darum, einen Schwatz zu halten und sich ein bisschen wichtig zu machen. Was wahrscheinlich auch klar ist bei Leuten, für die die Ponys nichts anderes sind als . . . als ein paar Ponys eben.

Und dann war endlich Jamsie da. Ich hatte schon ganz vergessen, wie klein er ist (aber klar, Abigail war immer einen halben Kopf größer als er!) und mit was für unmöglichen Klamotten er rumläuft – aber seine Augen waren genau so, wie ich sie in Erinnerung hatte: blaugrau und irgendwie total freundlich.

Jamsie hat nur kurz ein paar Worte mit Neill gewechselt,

dann hat er einen Maulkorb aus seiner Umhängetasche gekramt und einen Beutel mit Nieten und eine Nietenzange. Mit ein paar schnellen Griffen hat er die Riemen an Johnny-Gut-Draufs Maul abgemessen und zehn Minuten später war der Maulkorb passend gemacht.

»Mann, Mann, da habt ihr aber verdammtes Schwein gehabt«, hat Jamsie gesagt, »das hätte auch schief gehen können. Gebt ihr jetzt erst mal nur nachts zu fressen, dann wird sie bald wieder in Ordnung sein. – Wo hast du sie überhaupt her? Sie ist wirklich schön«, hat er plötzlich zu mir gesagt und Johnny-Gut-Drauf dabei ganz leicht über die Beine gestrichen.

»Neill hat sie gefunden«, habe ich gesagt, »oben, kurz vor Sally's Gap.«

»Am Gap?«, hat er gefragt. »Und warum seid ihr dann nicht bei mir vorbeigekommen?«

»Weil ...«, habe ich angefangen zu stottern, »na ja ... weil doch du und Abigail nicht mehr ... und da habe ich gedacht ...«

»Schon klar. Wie geht es ihr überhaupt? Geht es ihr gut da in dem verdammten Sligo?«

»Es geht ihr gut«, hat meine Mutter gesagt, aber ich hatte das Gefühl, Jamsie hätte lieber was anderes gehört. Dass Abigail nächtelang heult oder so, weil sie Heimweh hat. Und dass sie jeden Tag anruft und nach ihm fragt. Tut sie aber nicht. Wenn wir wissen wollen, wie es ihr geht, müssen WIR anrufen. Und sie hat noch nicht ein einziges Mal nach Jamsie gefragt.

Jamsie ist noch eine Weile mit uns rumgestanden und irgendwie war es eine ganz komische Stimmung. Ich meine, eigentlich hätte ich doch wild schreiend durch die Gegend laufen müssen vor lauter Glück. Klar, ich war auch total froh, dass Johnny-Gut-Drauf gerettet war. Aber gleichzeitig war ich auch völlig durcheinander. Ich habe immer nur gedacht: Wenn Johnny-Gut-Drauf in den Bergen geblieben wäre, dann wäre das alles nicht passiert. Und dann habe ich gedacht: Wenn sie gestorben wäre, dann hätte ich die Schuld gehabt.

Bettina Obrecht

Hänsel und Gretel in Havanna

Da kann man mal sehen, wie super das richtige Amerika gewesen wäre: Action total. Sirenen heulen, eine Frau kreischt wie eine Kreissäge. Applaus donnert los, Gelächter schwillt an, ein Düsenjet knallt über den Bildschirm. Vielleicht könnte Nele ein paar Wörter verstehen, wenn sie sich Mühe geben würde. Aber sie zappt lieber weiter und lässt Amerika in allen Farben flimmern.

So nah sind sie am richtigen Amerika dran, dass sie im Hotel amerikanisches Fernsehen kriegen. Und sie ist eingesperrt auf einer gottverdammten Insel, auf der es nicht mal Supermärkte gibt: Kuba.

»Schau dir die an!«, sagt Papa. Er steht schon seit einer Weile am Fenster. Nele schmeißt die Fernbedienung aufs Bett und stellt sich neben ihn.

Das Haus gegenüber muss so etwas wie eine Schule sein. Auf dem Flachdach lungern jeden Morgen Kinder in Schuluniformen herum. So was gibt es nämlich hier auf

der gottverlassenen Insel: Schuluniformen. Ockerbraune Hosen und Röcke, weiße Hemden.
Gerade jetzt steht eine Gruppe von Mädchen da und winkt wild zum Hotel hinüber. Aus einem Fenster über dem von Nele und ihren Eltern wirft jemand was durch die Luft, das klatschend auf dem Flachdach landet. Die Mädchen stürzen sich von allen Seiten darauf wie Hunde auf einen Knochen. Das Mädchen, das zuerst ankommt, hebt das Geschoss auf: Es ist eine Bonbontüte.
»Thank you!«, rufen die Mädchen und winken noch mal. Dann reißen sie die Tüte auf und stopfen sich Bonbons in die Münder.
Die Mädchen sind älter als Nele und machen so einen Aufstand wegen der paar Bonbons! Nele schämt sich richtig für sie.
»Das sind eben keine Wohlstandskinder wie du«, sagt Papa. Er setzt sich aufs Bett und zieht die Schuhe an.
»Gehst du weg?«
»Nur mal runter zur Rezeption. Ich versuche rauszufinden, wo morgen die Busse fahren.«
Nele nickt. Sie schaut wieder aus dem Fenster.
Die Mädchen mit der Bonbontüte sind verschwunden. Jetzt steht ein kleineres, dunkelhäutiges Mädchen allein auf dem Dach. Es spielt mit einem supergeilen blauen Vollgummiball. Den schmettert es auf den Boden – also eigentlich aufs Dach – und dann knallt der affenartig in die Höhe, weit über den Kopf des Mädchens hinaus. Muss ein spezieller kubanischer Vollgummiball sein. Das

Mädchen geht langsam auf den Rand des Dachs zu und lässt dabei rhythmisch seinen Ball aufspringen. Nele beobachtet es fasziniert. Da schaut das Mädchen auf und grinst Nele zu, als habe es sie schon lange bemerkt.
Nele erschrickt und weicht einen Schritt zurück. Irgendwie blöd, hier im Fenster eines Luxushotels zu stehen wie das Millionärstöchterchen persönlich. Dabei bezahlen sie das Hotel gar nicht selbst. Das machen die Leute, die Mama zum Kongress eingeladen haben.
Das Mädchen grinst jetzt so breit, dass man seine weißen Zähne sieht. Es holt aus und tut so, als wollte es Nele den Ball zuwerfen.
»No!«, ruft Nele. Das fehlt noch, dass das Millionärstöchterchen zu dämlich ist einen Ball zu fangen, und der landet dann da unten in der Straßenschlucht, mitten zwischen den Touristen und Rikschafahrern und Erdnussverkäufern. Oder, was noch schlimmer wäre, er knallt in eins der Luxushotelfenster.
Das Mädchen schüttelt seine dunklen Haare und lacht. Dann lässt es den Ball von einer Hand in die andere springen und ruft: »Chewinggum?«
Nele hat keinen Kaugummi.
Sie überlegt.
Dann gibt sie dem Mädchen ein Zeichen, dass es warten soll. Sie geht zurück ins Zimmer, das ihr plötzlich ganz dunkel vorkommt. Sind denn gar keine Süßigkeiten da? Sie kramt in Mamas Tasche und findet eine kleine Kekspackung aus dem Flugzeug. Viel ist es ja nicht.

Nele geht zurück ans Fenster, holt aus und wirft das Päckchen über die Straße.
Das Mädchen fängt es mit einer Hand. Es winkt noch einmal begeistert, reißt dann gleich die Packung auf und steckt sich einen Keks in den Mund.
Vor der Zimmertür poltert und klappert es. Die Zimmermädchen sind im Anmarsch. Die machen Nele ganz nervös, wenn sie so gewissenhaft ihren Dreck wegputzen.
Das Mädchen auf dem Dach tippt mit dem rechten Zeigefinger auf sein leeres linkes Handgelenk. Dann deutet es in die Straßenschlucht.
»Twelve!«, ruft es. »Okay?«
Nele kneift die Augen zusammen. Die Sonne blendet.
»Okay?«, ruft das Mädchen noch einmal.
»Okay!« Nele winkt und geht vom Fenster weg.
»Man glaubt es kaum«, sagt Papa, als er wieder zur Tür reinkommt. »Aber ich weiß jetzt, wo morgen der Bus abfährt.«
Nele hört nicht zu. Sie blinzelt zum Fenster. Ob das Mädchen, mit dem sie sich für zwölf verabredet hat, noch da steht? Eigentlich hat sie sich gar nicht verabredet. Niemand kann ihr einen Vorwurf machen, wenn sie einfach nicht kommt. Papa wird ihr niemals erlauben allein auf die Straße zu gehen.
»Mach doch mal den Fernseher aus, wenn du nicht hinschaust.« Papa steckt sein Notizbuch in die Jacketttasche. »Dieses Ami-Geschepper ist ja nicht auszuhalten.«
Nele drückt die Fernbedienung durch.

»Suchst du was Bestimmtes?« Die Stimme von Neles Vater klingt leicht genervt.
»Kubanisches Fernsehen.«
»Fängt erst abends an.«
Nele starrt auf das kubanische Testbild, das auch nicht anders aussieht als das Testbild zu Hause.
»Schau dir lieber mal an, wo wir morgen hinfahren.« Papa wirft Nele einen Prospekt hin, auf dessen Umschlag türkisblaues Meer unter grünen Palmen hervorschimmert.
Nele blättert die Seiten durch. Weißer Strand, strahlende Menschen in Badeanzügen. Nele schaut auf ihre Armbanduhr. Noch eine halbe Stunde bis zu ihrer Verabredung.
»Papa?«
»Hm?«
»Darf ich mir unten in der Bar eine Cola holen?«
»Wir gehen gleich essen.«
»Ich hab so sehr Durst.«
Papa legt den Reiseführer zur Seite. »Cola ist nicht gegen Durst«, sagt er.
»Dann ein Mineralwasser. Bitte, Papa.«
»Ich mag es nicht, wenn du allein in der Hotelhalle rumläufst.«
»Ich bin gleich wieder da. Bitte.«
Papa seufzt, aber er zieht seine Brieftasche aus der Hose und reicht Nele einen Fünfdollarschein.
»Hier. Aber du bleibst im Hotel. Und lass dich nicht anquatschen.«

Nele nickt. Angequatscht werden Mama und Papa auf der Straße ständig. Was genau die Leute wollen, versteht Nele meistens nicht, nur eins versteht sie: »Dollar.« Die Leute wollen alle Dollars haben. Einfach so. Nele findet das ziemlich unverschämt. Schließlich hat Papa die Dollars auch nicht umsonst gekriegt, sondern richtiges deutsches Geld dafür eingetauscht.

Als Nele aus dem Hotel kommt, trifft sie die schwüle Luft wie ein Schlag. Sie vergisst dauernd, dass im Hotel die Klimaanlage läuft und es draußen in Wirklichkeit viel wärmer ist. Es riecht nach Öl, weil der Wind von den Raffinerien herweht. Die schwarzen Rauchwolken kann man von der Hotelterrasse aus sehen.

Nele kneift die Augen zusammen. Vielleicht erkennt sie das Mädchen gar nicht wieder. Vielleicht hat sie alles falsch verstanden und sie sind überhaupt nicht verabredet. Vielleicht sollte sie lieber gleich wieder ins Hotel zurückgehen und sich an der Bar ihr Wasser kaufen, damit Papa nichts merkt.

Aber das Mädchen wartet schon. Es kauert neben einem von Havannas vielen struppigen, kleinen Hunden und krault ihm die Ohren.

Als Nele zögernd auf das Mädchen zugeht, richtet es sich auf und sagt etwas auf Spanisch.

Nele zuckt die Achseln.

Das Mädchen zieht das Kekspäckchen aus der Tasche. Zwei Kekse sind noch übrig. Es bietet Nele einen an. Nele schüttelt den Kopf. Sie beißt sich auf die Unterlippe.

Blöd, dass sie so gar nichts verstehen und gar nichts sagen kann.
Das Mädchen steckt die Kekse wieder ein. Der Hund trottet weiter.
»Hotel!«, sagt Nele und deutet auf den Luxuskasten hinter sich. Eigentlich will sie damit sagen, dass sie zurückmuss, aber das Mädchen lacht wieder nur, nickt und zeigt dann auf einen älteren Jungen, der mit seiner Fahrradrikscha vor dem Hotel wartet.
»My brother«, sagt das Mädchen.
Der Junge klopft mit der Handfläche auf die Rückbank seiner Rikscha und sagt: »City tour!«
Nele schüttelt den Kopf, aber das Mädchen nimmt einfach ihre Hand und zieht sie zur Rikscha.
Eigentlich hat Nele sich die ganze Zeit schon gewünscht einmal mit der Rikscha zu fahren. Aber Papa ist es peinlich, wenn arme Leute sich für ihn abstrampeln müssen, sagt er.
Nele sieht auf die Uhr und schüttelt den Kopf.
Aber das Mädchen macht eine Handbewegung, als würde sie die Uhr, die Zeit und alle Papas der Welt einfach in den Straßengraben werfen. Sie setzt sich auf die Rückbank und nun setzt sich Nele doch dazu. Nur eine kleine Runde. Nur einmal ganz kurz mit der Rikscha fahren.
Das Mädchen tippt sich auf die Brust. »Tamara!«, sagt sie. Dann zeigt sie auf den Rikschafahrer, der bereits laut klingelt und in die Pedale tritt. »Julio!«
»Nele Fischer«, sagt Nele.

Die beiden anderen lachen wie über einen gelungenen Witz.
»Nele«, verbessert Nele.
»Ne-le!«, wiederholt das Mädchen vorsichtig, sieht Nele prüfend an und lacht dann wieder.
Die Rikscha schaukelt durch die Hotelstraße. Hier sind viele Touristen unterwegs. Nele wird sogar von einem von ihnen fotografiert, wahrscheinlich wegen der Rikscha und der beiden dunkelhäutigen Geschwister. Sie quetschen sich an Baustellen vorbei, an Taxis und geparkten, dick eingestaubten, uralten amerikanischen Straßenkreuzern. Dann biegt Julio in eine Straße ein, die Nele überhaupt nicht kennt. Es riecht nach altem Waschwasser. Die Rikscha rumpelt durch einen tiefen Graben, dunkle, alte Häuserfronten scheinen sich der Straße zuzuneigen. Auf den Balkons lehnen schwarze Frauen und Männer und starren, ohne eine Miene zu verziehen, auf das Gefährt herunter. Ein Wassertankwagen blockiert die Durchfahrt, Julio muss absteigen und die Rikscha über den Gehsteig schieben. Je weiter sie fahren, desto heruntergekommener wirken die Häuser. Balkons sind aus den Fronten herausgebrochen wie faule Zäune. Hauseingänge sind mit Balken abgestützt. Die drei werden von einem Fahrrad überholt, auf dessen Gepäckträger ein undefinierbares Metallteil schwankt. Ein magerer, alter Mann schleppt einen Sack Früchte. Eine Menschenschlange wartet vor einem mit Brettern zugenagelten, kleinen Schaufenster. Irgendwoher krähen Hähne. Bunte Wäsche

flattert. Nele wird es ein bisschen mulmig. Was ist, wenn die beiden sie jetzt entführen und dann von Papa ein Lösegeld verlangen? Dollars natürlich. Der ist dann bestimmt sauer, weil Nele so leichtsinnig war.
Da bremst die Rikscha vor einem Hauseinang. Auf der Schwelle sitzt eine winzige, alte Frau und häkelt. Sie sagt etwas zu Julio, und als sie lacht, sieht man, dass sie nur noch wenige gelbe, lange Zähne hat.
Tamara klettert von der Rikscha. Nele folgt ihr. Was soll sie auch sonst tun?
»Five Dollar!«, sagt Julio und spreizt alle fünf Finger.
Nele kriegt einen Schreck.
Genau fünf Dollar hat sie dabei.
Sie muss doch auch wieder zurück ins Hotel. Sie wird nicht mal genug Geld haben, um sich das Wasser zu kaufen. Wie soll sie Papa das erklären? Wie kommt sie überhaupt wieder zurück zu Papa? Sie sieht Julio hilflos an, blinzelt ein bisschen, lächelt, vielleicht macht er nur einen Scherz.
Tamara zieht eine dunkle Haarsträhne zwischen den Lippen durch und macht ein wütendes Gesicht.
»Five!«, wiederholt Julio. Er lächelt kein bisschen.
Nele greift zögernd in die Hosentasche, zieht den Fünfdollarschein hervor und drückt ihn Julio in die Hand.
»Hotel?«, fragt sie leise.
Tamara sagt etwas Zorniges zu Julio. Julio zuckt die Achseln und steckt das Geld ein. Tamara sieht Nele nicht an, aber sie nimmt wieder ihre Hand und zieht sie an der Alten auf der Türschwelle vorbei ins Haus.

Im Treppenhaus riecht es muffig. Nele traut sich nicht die Hand aufs Geländer zu legen, obwohl es so dunkel ist, dass sie ihren Weg ertasten muss. Tamara flitzt die Treppen hoch, als wäre es taghell. Nele hört sie an eine Tür klopfen. Als sie Tamara eingeholt hat, steht die Tür offen. Eine ältere Frau mit tiefen Ringen unter den Augen, zerzausten grauen Haaren und einem zu engen, geblümten Kleid steht da. In der Hand hält sie eine qualmende Zigarre. Tamara küsst die Frau auf die beiden Wangen. Die Frau fragt etwas. Nele versteht nicht, was sie sagt, aber ihr fällt auf, dass die Frau eine sehr angenehme, tiefe Stimme hat.
»Komm herein, hier ist dein Zuhause!«, sagt die tiefe Stimme jetzt plötzlich auf Deutsch.
Nele starrt die Frau an. Die lächelt freundlich. Oder lächelte sie tückisch? Was soll das denn heißen, Neles Zuhause, will die Frau Nele behalten?
Die Frau tritt einen Schritt zurück und hält die Tür weit auf. Tamara geht vor.
Nele überlegt blitzschnell, ob sie jetzt die Treppe runterrennen soll. Aber selbst wenn sie sich dabei nicht das Genick bricht, da draußen passt sicher Julio auf, dass sie nicht abhaut.
»Keine Angst.« Die Augen der Frau funkeln ein bisschen spöttisch. »Ich bin die Tante. Mein Haus ist arm, aber nicht gefährlich.« Sie spricht nicht ganz richtig Deutsch und rollt das R wie in der spanischen Sprache.
Nele gibt sich einen Ruck und geht in die Wohnung hinein. Der Raum, den sie betritt, ist kaum möbliert, bis auf

ein altes Sofa und einen schiefen Tisch mit drei Stühlen. An drei fleckigen Wänden hängen alte Spiegel, sodass Nele sich selbst und die Frau mit der Zigarre von verschiedenen Seiten gleichzeitig sehen kann. Tamara ist verschwunden.

»Sitz!«, sagt die Frau und drückt Nele sanft auf das Sofa, das muffig und nach Zigarre riecht.

Nele setzt sich ungemütlich auf die Sofakante. Papa hat bestimmt längst gemerkt, dass sie verschwunden ist. Vielleicht holt er die Polizei.

Aus dem Nachbarzimmer kräht und zwitschert es. Nele sieht die Frau fragend an.

»Schau sie an«, sagt die und stippt die Asche ihrer Zigarre in einen aufwändigen Porzellanaschenbecher. »Das sind meine Papageien. Sie heißen Hänsel und Gretel.«

Nele kneift die Augen zusammen.

Hänsel und Gretel in Havanna?

Nele steht auf und geht ins andere Zimmer. Die Papageien sind klein und grün und ihre schwarzen Augen funkeln genauso spöttisch wie die Augen der Frau. Vielleicht verwandelt sie ausländische Kinder in Papageien, aber für solche Gedanken ist Nele schon viel zu groß.

Irgendwo grunzt ein Schwein.

Tamara hat inzwischen einen kleinen Kassettenrekorder angeschleppt, so in der Art wie der, mit dem Nele früher Benjamin Blümchen gehört hat.

»Nele!«, ruft sie.

Nele geht langsam wieder zurück zum Sofa. Die Tante ist

in Rauchnebel eingehüllt. Sie beobachtet Nele schweigend, wischt sich eine Haarsträhne aus der Stirn. Tamara schaltet den Rekorder an.

Nele zuckt zusammen.

Backstreet Boys in Havanna!

Tamara macht ein paar Tanzschritte und strahlt Nele an.

»Die kenne ich«, sagt Nele. Sie sagt es zu der Frau, die offenbar Deutsch kann und Hänsel und Gretel kennt.

Die sagt etwas zu Tamara, wahrscheinlich übersetzt sie. Tamara strahlt noch mehr. Sie dreht sich auf den Zehenspitzen.

»Geschenk von Julio«, sagt die Tante und tippt mit der Fußspitze auf den Rekorder. Sie trägt völlig ausgelatschte, aber hochhackige Sandalen.

Neles Gesicht verfinstert sich.

Fünf-Dollar-Julio, von dem will sie nichts hören. Und sehen will sie ihn noch viel weniger, aber da geht die Tür schon auf und er steht da. Er würdigt Nele keines Blickes, beugt sich kurz über die Tante, um sie auf die Wangen zu küssen, und schmeißt sich auf den Tisch.

Der Frau ist Neles düstere Miene wohl aufgefallen. Sie stellt Julio eine Frage. Der rutscht auf dem Stuhl zwanzig Zentimeter nach vorne und starrt schweigend auf die Tischplatte.

Tamara erzählt etwas. Das Wort »Dollar« kommt ein paarmal vor.

Die Tante steht auf. Sie wirft die Arme in die Luft und Asche rieselt auf den Boden. Ihre Stimme ist erregt.

Julio sagt nichts und er sieht Nele nicht an. Aber er zieht mit ganz langsamen Bewegungen den Fünfdollarschein aus der Tasche und hält ihn der Tante hin. Die schnappt den Schein und bringt ihn Nele.
»Die Kinder wissen nicht«, sagt sie und schüttelt den Kopf, sodass ihre Haare sich noch mehr verwirren. »Du bist reich, sie sind arm.« Sie hält Nele den Schein hin. Nele nimmt ihn.
»Ich muss wieder ins Hotel«, sagt sie. »Mein Vater weiß nicht, wo ich bin. Sicher holt er die Polizei.«
Vielleicht kriegen sie Angst und lassen Nele laufen, wenn sie das Wort Polizei hören. Die Frau reagiert nicht. Sie sieht Nele an. Ihr Blick ist nicht unangenehm, er ist nur fest und selbstsicher.
»Die Kinder sind gute Kinder«, sagt sie. »Dein Papa ist reich. Du bist im Hotel.«
»Wir sind überhaupt nicht reich«, sagt Nele trotzig. Aber sie senkt den Blick und muss sich deswegen wieder die völlig ausgelatschten Sandalen ansehen.
»Ich kenne Deutschland«, sagt die Tante. »Ich habe in Deutschland studiert. Deutschland ist reich.«
Céline Dion hat die Backstreet Boys abgelöst. Titanic in Havanna. Nele hat den Film drei Mal gesehen. Ob Tamara es sich leisten kann, ins Kino zu gehen?
»Ich muss ganz dringend wieder ins Hotel«, sagt Nele leise.
Die Tante nickt. Sie sagt etwas zu Julio, aber der schweigt und sieht nicht auf. Die Tante wendet sich Nele wieder zu.

»Tamara bringt dich.«
Tamara rennt ins Nachbarzimmer. Sie kommt mit einem kleinen Reklamezettel und einem Bleistiftstummel zurück und kritzelt etwas.
»Tamaras Adresse«, sagt die Tante. »Du musst Briefe schreiben.«
»Amiga!«, sagt Tamara und überreicht Nele den Zettel. Das versteht Nele. Amigo heißt Freund. Tamara ist ihre Freundin. Die Sache mit den fünf Dollar war nicht ihre Schuld. Plötzlich ist Nele sehr stolz, dass sie eine kubanische Freundin hat. Sie wird ihr jede Woche schreiben.
»Amigo!«, sagt sie.
Tamara kichert ein bisschen.
Die Tante drückt Nele die Hand. Ihr Lächeln ist immer noch spöttisch. Als sie die Tür hinter den beiden Mädchen zugemacht hat, hört Nele sie singen.
Zu Fuß dauert es natürlich viel länger bis zum Hotel. Mit schnellen Schritten gehen die Mädchen nebeneinanderher, ohne etwas zu sagen. Tamara macht ein so trauriges Gesicht, als müsste sie sich wirklich von ihrer Freundin trennen.
Das Hotel kommt Nele plötzlich noch viel protziger und luxuriöser vor. Uniformierte Pagen stehen mit unbewegten Mienen vor dem gläsernen Eingang.
»Adios«, sagt Nele.
Tamara schaut auf ihre Schuhe.
Nele wartet.
Da sieht Tamara wieder auf. Sie lächelt ein bisschen schief.

»One dollar?«, fragt sie.
Nele starrt sie an.
Dann greift sie wütend in die Tasche, zieht ihren Fünfdollarschein hervor und stopft ihn in Tamaras Hand. Sie dreht sich um und drückt so heftig die Glastür auf, dass der Page schnell einen Schritt zurückweichen muss.
Noch bevor Nele an die Zimmertür klopft, zerreißt sie den Zettel mit Tamaras Adresse und wirft die Fetzen in einen Aschenbecher im Flur.
Nichts, gar nichts wird sie den Eltern erzählen.
Sie hat keine Freundin in Havanna.

Das Strandhotel ist nicht ganz so luxuriös wie das Hotel in Havanna. Dafür liegt es direkt an einem super-duper-knallweißen Sandstrand, an den sanfte türkisblaue Karibikwellen heranplätschern.
Nele steht am Fenster. Der Wind streicht den Palmen durch die Strubbelhaare. Der Page knallt den Koffer ziemlich unsanft auf den Boden und möchte trotzdem gerne ein Trinkgeld haben.
»Hast du noch Münzen?« Mama wühlt hektisch in ihrer Handtasche.
»Moment.« Papa vergräbt die Hände in den Taschen seines Jacketts, sucht dann im Seitenfach des Rucksacks.
»Ich hab schon.« Mama drückt dem Kofferträger etwas in die Hand. Dieser verzieht keine Miene, als er sich umdreht, hinausgeht und die Tür hinter sich schließt.
»War ihm zu wenig«, sagt Mama. »Na ja.«

Aber Papa hört ihr nicht zu. »Was ist das denn?«, fragt er und zieht etwas aus dem Rucksack. »Mann, das hatte ich ja ganz vergessen. Nele, hier hab ich was für dich.«

Nele hat die ganze Zeit aus dem Fenster geschaut. Jetzt dreht sie sich um.

»Das lag in Havanna an der Hotelrezeption. Ein Mädchen hat es für dich abgegeben.«

»Was für ein Mädchen?« Mama schaut verwundert auf Papas Hand.

Darin liegt ein einfacher blauer Vollgummiball.

Nina Schindler

Va bene

»Ich finde Italien doof«, sagt Hannes und schaut zu Mama rüber. »Total doof.« Mama liegt auf dem Liegestuhl unter dem großen grünen Sonnenschirm und rührt sich nicht.

»Und die Toskana finde ich auch doof«, sagt Hannes zu Papa, aber der dreht sich nur auf der Liege um und zeigt ihm einfach nur seinen dicken Po. »Total doof«, fügt Hannes hinzu.

Er seufzt, dreht sich um und schaut auf das Meer. Brettflach breitet es sich hinter dem schmalen Sandstreifen bis zum Horizont aus, von Hellblau bis Dunkelgrün schimmert es in unglaublich vielen Farbschattierungen.

»Das Meer finde ich auch doof«, sagt er zum Meer, aber das gibt natürlich auch keine Antwort.

Hannes holt tief Luft. »Und meine Eltern finde ich am döfsten«, sagt er. »Am aller-allerdöfsten. Total döfsten.«

Er hält die Luft an.

Jetzt müssten sie doch eigentlich was antworten.

»Du bist ein undankbarer Knilch«, sagt Mama. »Andere

Kinder würden vor Entzücken in die Luft springen, wenn sie so einen Urlaub geboten kriegten, aber du – du bist ewig am Meckern. Schön blöd!«

»Ist doch nur, weil ich so allein bin«, sagt Hannes leise. »Allein machen auch die schönen Sachen keinen Spaß.«

»So ein Blödsinn!« Mama hat sich aufgerichtet und greift nach der Flasche mit der Sonnenmilch. »Ein Junge mit Phantasie kann sich auch wunderbar allein beschäftigen. Hier«, sie streckt ihm die Flasche hin, »wenn du nichts zu tun hast, kannst du mir ja den Rücken einschmieren. Ich will mich jetzt auf den Bauch legen.«

»Mach's doch selber«, sagt Hannes laut und böse. »Oder frag Papa. Ich bin doch nicht dein blöder Sklave!«

Damit steht er auf und rennt weg, weil er Mamas wütende Antwort lieber nicht hören will. Die ist jetzt bestimmt mächtig sauer und wird auf der Heimfahrt vom Strand bestimmt noch ordentlich an ihm rummeckern.

Und wennschon!

Er keucht und läuft langsamer. Er ist an einem Strandstück angekommen, an dem die Leute auf ihren Handtüchern direkt auf dem Sand liegen. Nicht wie bei Papa und Mama: immer zwei nebeneinander in Liegestühlen unter einem Schirm, ganz ordentlich wie Heringe unter einem Dosendeckel. Nein, hier liegen die Leute kreuz und quer, manchmal zehn oder mehr in einem Kreis, manchmal auch Paare oder einzelne Menschen und vorn am nassen Sandstreifen spielen Kinder und graben Löcher.

Hannes schnauft verächtlich. Babykram. So was hat er früher auch gemacht, aber mit zwölf baut man doch keine Sandburgen mehr!
Er bleibt stehen und setzt sich genau dorthin, wo der trockene Sand in den nassen übergeht. Ein paar vorwitzige Wellen kommen bis an seine Füße gekrabbelt, bevor sie wieder mit einem leisen Sauggeräusch zurück ins Meer verschwinden.
Er greift neben sich in den Sand und hält eine winzige Muschel in der Hand. Witzig, sooo klein. Dass da mal ein richtiges, lebendiges Tier drin gelebt hat – kann man sich gar nicht richtig vorstellen.
Hannes sucht noch mehr von den Winzmuscheln und legt sie nebeneinander in eine kleine Sandkuhle, die er innen sorgfältig glatt gestrichen hat.
Plötzlich schreit jemand hinter ihm, dann hört er noch mehr Gebrüll und urplötzlich stampft ein Fuß mitten in seine Muschelsammlung. Ein brauner Blitz schießt an ihm vorbei, ein Mädchen in einem rosa Badeanzug kämpft sich mit großen Schritten durch das flache Wasser in Richtung auf die Tretboote vor.
Wumms!
Der nächste Fuß zermalmt die Reste seiner Muschelchen – er gehört zu einem der drei Jungen, die dem Mädchen hinterherjagen. Was fällt denen ein seine mühsam gesammelten Babymuscheln zu zertreten? Hannes steht auf und möchte seine ganze Wut an diesen Idioten auslassen. Die hatten doch zehn Kilometer Platz, warum muss-

ten sie ausgerechnet zwanzig Zentimeter neben ihm vorbeirennen? Die waren doch echt bescheuert!
Er legt die Hand schützend über die Augen, um zu sehen, was da eigentlich abgeht. Jetzt haben die drei Jungen das Mädchen erreicht und werfen sich auf sie. Kreischend geht sie in dem hüfthohen Wasser unter, taucht wieder auf, wird wieder getunkt. Zwei der Jungen halten sie fest, während der dritte ihren Kopf unter Wasser drückt.
Na, das sollte jetzt aber reichen, denkt Hannes und da taucht der Mädchenkopf für zwei Sekunden auch wieder auf, bevor der Junge sie wieder unter Wasser drückt.
Hannes läuft schon los, bevor er denkt. So was ist doch gemein! Mit gewaltigen Sätzen saust er zu dem Gewimmel aus Armen, Beinen, Wasserspritzern, Kreischen und Gebrüll.
»Lasst sie los!«, schreit er, aber natürlich verstehen die kein Deutsch und sind außerdem viel zu sehr mit der Tunkerei beschäftigt.
Hannes spürt, wie der stundenlange Frust in ihm jetzt ungeahnte Kräfte freisetzt. Er stürzt sich auf den schlimmsten Quälgeist und schmeißt ihn einfach um. Der Junge versinkt japsend im Wasser und Hannes wirft sich laut brüllend gegen die anderen beiden, die vor lauter Überraschung das Mädchen losgelassen haben. Sofort rappelt sie sich hoch und geht in Verteidigungsstellung. Zu zweit stehen Hannes und sie jetzt mit geballten Fäusten den zwei Jungen gegenüber, die sie verdattert anstarren. Mittlerweile ist auch der dritte wieder aufgetaucht und schreit

Befehle. Ohne sich umzudrehen, tut Hannes das, was er mal Bud Spencer in einem Film machen sah: Er schlägt mit dem ausgestreckten Arm nach hinten und hat Glück. Er erwischt den Brüllaffen seitlich am Kopf und der jault auf. Die andern zwei drehen sich um und laufen zum Ufer zurück und da begreift der dritte wohl, dass er gegen Hannes und das Mädchen keine Chance hat, und läuft laut schimpfend hinter seinen Kumpeln her.

Auf einmal ist es ganz still, man hört nur noch leises Wellengeplätscher und in der Ferne rufende Stimmen. Das Sonnenlicht glitzert auf dem Wasser und das Mädchen gibt Hannes einen leichten Knuff in die Seite.

»Grazie«, sagt sie und grinst. Sie ist mindestens fünf Zentimeter kleiner als er. Und bestimmt erst elf.

Dann tippt sie mit dem Finger auf ihr Badeanzugoberteil und sagt: »Mi chiamo Elena.«

Hannes sagt: »Äh . . . Hannes.«

»Ähann?«, fragt sie.

»Nein.« Er schüttelt den Kopf. »Han-nes.«

»Han-nes«, wiederholt sie und lacht. Bei dem H von Hannes stößt sie ganz seltsam Luft aus.

Dann zieht sie unter dem Badeanzug an der Seite des Oberschenkels ein winziges Portmonee heraus und sagt: »Non parla Italiano?«

Hannes kann sich denken, was das heißt. Er und Italiano. Nee.

»No«, sagt er.

»Fa niente«, sagt Elena und greift nach seiner Hand. Sie

zieht ihn zu den Tretbooten hin, wo ein Mann mit einer Kapitänsmütze auf einem der Vordersitze döst. Sie spricht ihn an, der Mann kratzt sich am Kopf und dann schüttelt er ihn verneinend.
Elena holt einen Geldschein aus dem kleinen Stofftäschchen und hält dem Mann fünf Euro hin. Sie redet ganz schnell und fuchtelt mit den Händen.
Hannes kann sich denken, worum es geht. Der Mann mit der Kapitänsmütze will ihnen kein Boot geben, weil sie noch zu jung sind. Oder vielleicht sind fünf Euro nicht genug.
»Signore«, mischt er sich plötzlich ein. »Signore!«
Der Mann sieht ihn verdutzt an und Hannes zeigt auf sein goldenes Schwimmabzeichen, das Mama ihm noch einen Tag vor der Abfahrt an die Badehose genäht hat. Das Mädchen grinst und redet wieder auf den Alten ein.
Der seufzt, zuckt mit den Achseln und nimmt schließlich den Fünf-Euro-Schein.
Hannes und Elena klettern auf das Tretboot, der Kapitänsmützenmann und Elena sehen auf ihre Armbanduhren und einigen sich auf eine Zeit und dann lacht Elena und stupst Hannes an.
»Avanti«, sagt sie und fängt an zu treten.
»Avanti«, sagt Hannes begeistert und strampelt auch.
Sie fahren nicht weit hinaus, sondern bleiben nah bei der Küste und umrunden die Felsnase, die auf der einen Seite der Bucht weit ins Meer hineinragt. Auf der anderen Seite sind noch zwei Tretboote, eins davon hat eine Rutsche

und auf der lassen sich Kinder ins Wasser gleiten. Als sie die Neuankömmlinge bemerken, rufen sie ihnen etwas zu.

Elena deutet zu der Rutsche, sagt etwas und nickt heftig mit dem Kopf. Hannes versteht: Er soll rutschen gehen. Er strahlt, macht einen tadellosen Köpper vom Boot und krault zu dem anderen Boot hin, zieht sich hoch und rutscht die kleine Rutsche runter. Mit einem lauten Klatscher landet er im Wasser. Er schwimmt zurück zu Elena und macht ihr ein Zeichen, dass sie jetzt rübersoll. Sie lacht und wartet, bis er wieder sitzt, und dann macht sie es ihm nach, nur dass sie beim Rutschen laut schreit.

Nachdem sie sich noch mal abgewechselt haben, drehen sie das Boot um und fahren langsam damit wieder zum Strand zurück. Ganz langsam. Eine leichte Brise ist aufgekommen und kühlt ihre nackte Haut, die Sonne hat die Badesachen fast schon wieder getrocknet und Hannes könnte ewig so weiterfahren.

Elena boxt ihn gegen den Oberarm. »Va bene?«, fragt sie.

»Molto bene«, sagt Hannes. Das hat er von ihrem Vermieter gelernt, der fragt das nämlich auch immer.

Elena strahlt ihn an. »Tedesco?«, fragt sie. »Inglesi? Olandesi?«

»Tedesco«, sagte Hannes ganz lässig, als würde er sich täglich auf Italienisch unterhalten.

»Vacanze?«, fragt Elena und als sie merkt, dass er das nicht kapiert, sagt sie: »Ferie?«

Na, das ist ja fast Deutsch und Hannes nickt erleichtert mit dem Kopf. »Sì.«

»Domani qui?«, hakt sie nach und zeigt auf den Strand. Als er sie wieder ratlos anschaut, streckt sie ihm die Armbanduhr entgegen und macht mit dem Finger zweimal einen Kreis um das Zifferblatt und dann zeigt sie auf den Strand.

Er versteht jetzt, was sie meint.

»Sì«, sagt er ganz weltmännisch und dann sieht er vorn neben den Tretbooten eine Gestalt im schwarzen Bikini heftig winken.

Er winkt zurück.

»Mama«, sagt er und zeigt auf die Hampelfigur.

Elena grinst und sagt etwas, dass er nicht versteht. Aber vom Tonfall her hat sie bestimmt etwas Freches über Eltern gesagt.

Hannes grinst auch und zuckt mit den Achseln. Das kann ja alles bedeuten.

Schweigend fahren sie bis zu dem Tretbootverleih zurück. Natürlich brüllt Mama schon von weitem: »Da bist du ja! Was fällt dir ein dich einfach so aus dem Staub zu machen?« Aber sie lacht dabei und da weiß er, dass sie nicht wirklich sauer ist.

Er dreht sich zu Elena um und sagt langsam und deutlich: »Domani. Qui.«

»Va bene«, sagt sie und springt vom Boot ins flache Wasser. Er folgt ihr.

»Ciao, Han-nes«, ruft sie und winkt, bevor sie sich umdreht und zu einem der vielen Handtuchlager am Strand läuft.

Mama geht in Richtung Sonnenschirmliegen. »Na«, sagt sie, »ist Italien immer noch total doof?«

»Hrng«, macht Hannes. »Nö. Va bene.«

Biografien und Quellennachweis

Christian Bieniek

lebt in Düsseldorf und schreibt sehr erfolgreich Bücher für Kinder und Jugendliche.

Der Superurlaub, S. 22, © 2003 Christian Bieniek.

Achim Bröger,

geb. 1944, schreibt neben Büchern auch Hörspiele, Theaterstücke und Drehbücher fürs Fernsehen. Seine Bücher wurden in fünfzehn Sprachen übersetzt und mit vielen Preisen ausgezeichnet. Er lebt in Seeretz bei Lübeck.

Ist der Typ stumm?, S. 47, aus: Reiner Engelmann (Hrsg.), »(Un)heimlich verknallt«, © 1997 Arena Verlag GmbH, Würzburg.

Wolfram Hänel,

geb. 1956, schreibt Bücher für Kinder und Jugendliche, verfasst Theaterstücke und Reiseberichte und lebt mit seiner Frau und seiner Tochter abwechselnd in Hannover und in Kilnaravanagh, Irland.

Johnny-Gut-Drauf, S. 102, aus: ders., »Die wilden Ponys von Dublin«, © 2000 Anrich Verlag, Weinheim.

Paul van Loon,

geb. 1955, stürmte in den Niederlanden die Bestsellerlisten mit seiner Reihe »Der Gruselbus«. Er gilt dort als Vater des Gruseltrends. Seine Bücher wurden mehrfach ausgezeichnet und in viele Sprachen übersetzt.

Das Schwimmbad, S. 70, aus: ders., »Der Gruselbus 3«, aus dem Niederländischen übersetzt von Eva Schweikart, © der deutschsprachigen Ausgabe 1998 Arena Verlag GmbH, Würzburg.

Bettina Obrecht,
geb. 1964 in Lörrach. Nach einem längeren Aufenthalt in Costa Rica lebt sie heute als freie Autorin und Übersetzerin in Hessen, in der Nähe von Gießen.
Hänsel und Gretel in Havanna, S. 116, aus: Maria Rutenfranz (Hrsg.), »Ferien wie nie!«, © 2000 Deutscher Taschenbuch Verlag GmbH & Co. KG, München.

Nina Schindler
lebt in Bremen und war viele Jahre als Lehrerin und Literaturkritikerin tätig. Heute schreibt sie selbst Kinder- und Jugendbücher, übersetzt aus dem Englischen und Französischen und gibt Bücher für Erwachsene heraus.
Die Radtour, S. 58, und *Va bene*, S. 32, © 2004 Nina Schindler.

Andreas Schlüter,
geb. 1958, arbeitete als Journalist und Redakteur und seit 1996 als freier Schriftsteller. Mit seinem Erfolgstitel »Level 4 – Die Stadt der Kinder« hat er sich in der Kinder- und Jugendliteratur einen Namen gemacht.
Verguckt!, S. 31, © 2002 Andreas Schlüter.

Patricia Schröder,
geb. 1960, lebt als freie Autorin und Feng-Shui-Beraterin in Eiderstedt, im hohen Norden. Sie schreibt sehr erfolgreich Romane und Erzählungen für Kinder- und Jugendliche.
(S)panisch, S. 6, © 2004 Patricia Schröder.

Andreas Steinhöfel
wurde 1962 in Battenberg geboren. Er arbeitet als Übersetzer, schreibt Drehbücher und rezensiert Jugendbücher für die FAZ – aber vor allem ist er Autor zahlreicher Kinder- und Jugendbücher.
Nächster Parkplatz 200 m, S. 91, aus: Maria Rutenfranz (Hrsg.), »Endlich wieder Ferien!«, © 1998 Deutscher Taschenbuch Verlag GmbH & Co. KG, München.

Sigrid Zeevaert,
geb. 1960, lebt nach ihrer Ausbildung zur Lehrerin als freie Autorin in Aachen. Sie schreibt Erzählungen und Romane für Kinder.
Der spanische Hund, S. 42, © Sigrid Zeevaert.